무진시
야구장
사람들

무진시 야구장 사람들

무진 야구장에서의 1년

야구장

사람들

채강D 지음

북레시피

재미있는 야구 이야기를 써야지.

딸이 태어나면서 마음속으로 다짐했습니다. 아무리 생각해도 세상에 딸이 태어난 것 이상의 기적이, 제 인생에 없을 것 같았거든요. 이후에 모든 일은 실패해도 괜찮아, 라고 스스로 생각했습니다.

그리고 이야기를 썼습니다. 제가 좋아하는 야구를 중심으로, 다양한 장르와 엮어서, 즐겁게 썼습니다. 즐겁게 쓴 이야기인 만큼 여러분도 즐겁게 읽어주셨으면 좋겠습니다. 그거면 충분합니다.

무진시 야구장 사람들의 시대적 배경은 지금보다 조금 오래된, 아직 8개 팀이 야구하던 시절입니다. 약간 촌스러웠고, 야구의 인기는 더 많았던 때입니다.

고마운 사람들이 많습니다.

항상 옆에서 힘이 되어주는 소중한 아내 M, 딸 별, 어머님, 그리고 나의 친구들 필, 웅, 규, 윤, 김, 대학 동아리 벗 이감이들. 내 편이 있다는 생각을 갖게 해줬고, 덕분에 실패할 수 있는 용기를 얻었습니다.

　이야기를 끝까지 쓸 수 있게 격려해주시고 추천사까지 써주신 강태식 선생님. 귀한 추천사를 써주신 손찬익 기자님, 석원 기자님, 오승환 선수. 함께 이야기를 쓰고 의견을 주고받았던 문우님들.

　한 번도 본 적은 없지만 제가 글을 쓰도록 자극해준, 그 또한 대단한 야구광이기도 한 오쿠다 히데오에게도 인사를 전합니다.

　그리고 오늘도 야구에 울고 웃는 수많은 야구팬과 독자분들께 감사드립니다.

　여러분들 덕분에 이 이야기가 만들어졌습니다.

　고맙습니다.

　함께 공감할 수 있는 더 좋은 이야기를 쓰겠습니다.

어느 여름날, 채강D

차 례

#1 프리미어리그 팬, 이 과장

그러니까 이 과장이 그런 생각을 한 것은 WBC 야구대회 예선, 한국과 쿠바의 경기 8회 말을 지나고 있을 때였다. 정확하게 말하자면 한국 팀 투수가 상대 타자를 삼진으로 돌려세우며 포효하고, 호프집에 모여 앉은 사람들이 거기에 맞춰 와~ 하고 환호를 보내고 있던 순간이었다. 미친 듯이 소리를 질러대는 사람들 사이에서, 이 과장에게 사춘기의 열병처럼 문득 이런 생각이 스쳐 지나갔다.

내 인생이 너무 하찮은 게 아닐까.

이 과장은 우선 500cc 카스 맥주잔의 남은 맥주를 원샷해버렸다. 캬! 맥주 광고 같은 소리가 났다. 주변 사람들은 여전히 TV를 보면서 환호하고 있었다. 한국 팀 4번 타자가 친 공이 아슬아슬하게 파울 라인을 벗어났다.

치킨집 김 사장에게 신용카드를 건네면서도 그 생각은 계속 따라다녔다. 이 찜찜한 느낌은 뭘까. 인생이 하찮다니, 갑자기 왜 이런 생각이 든 걸까.

집으로 돌아오는 길에도, 코 골며 자고 있는 마누라 옆에 누워서도, 불 꺼진 천장을 바라보며 사타구니를 긁적거리는 순간에도 그 생각이 머릿속을 떠나지 않았다.

다음 날 출근한 이 과장은 평소와 같이 구내식당에서 아침을 먹고, 사무실 직원들과 모닝 인사를 한 후 율무차를 호호 불며 컴퓨터 앞에 앉았다. 이런저런 뉴스를 보다가 문득 머릿속에서 번쩍하고 빛이 났다.

프리미어리그.

이 과장은 습관처럼 접속했던 포털사이트의 야구 코너를 닫고 해외축구 코너를 조심스럽게 클릭했다.

그랬다. 여기였다. 한동안 모른 체 외면하고 살았는데, 여전히 건강하게 플레이를 하고 있구나. 이 과장은 감탄했다.

골키퍼 체흐는 여전히 팀의 골대를 지키고 있고, 호나우딩요는 늙은이 밤탱이가 돼서 자국으로 돌아가 골골거리고 있다. 반면에 해리 케인이라는 다소 무시무시한 이름을 가진 친구는 펄펄 날아다니며 힘을 쓰고 있다.

세상이 한 바퀴 변한 것이다.

이 과장은 마음을 다잡았다. 변한 세상에 적응하려면 새로운 마음가짐이 필요하다. 쿵쾅거리는 가슴을 진정시키고 이 과장은 오전 내내 프리미어리그의 최신 트렌드를 따라잡았다. 마우스를 잡은 손에 땀이 고였다.

언제부터였을까. 나의 인생이 엇나간 것은.

아마도 그때부터였을 것이다.

이 과장은 취직하고도 꽤 오랫동안 프리미어 본방사수를 한 새벽의 투사였다. 중요한 경기를 보기 위해 새벽에 알람을 맞춰놓고 자는 투혼을 발휘하기도 했다. 때로는 컴퓨터 앞에 앉아 네이트온을 켜고 대학 친구들과 채팅을 주고받으며 오늘의 게임을 전망하고 앞으로 펼쳐질 팀의 미래에 대해 걱정을 나누기도 했다. 언제나 토론은 격렬했고 가끔은 동틀 녘까지 이어졌다.

잠이 쏟아질 땐 후루룩 세수를 하고, 눈 밑에 파스를 바르기도 하면서(참고로 이 과장은 밤을 새우면서 무엇인가를 하는 것을 병적으로 싫어한다. 졸릴 땐 자야 한다는 게 이 과장의 인생철학이다) 그라운드의 순간순간을 스캔하곤 했다.

초록색 그라운드를 뛰어다니는 사나이들을 보면 가슴이 두근거렸다. 그라운드에서는 매일 다른 이야기가 펼쳐졌다. 각본 없는 드라마라는 상투적인 표현 그대로, 그들은 매일 새벽 드라마를 썼다. 그라운드를 감싸고 있는 관중들과 함께 환호를 보내고 탄식했다. 가끔 화가 치솟기도 했다. 저런 플레이를 하다니. 괜히 옆에 있는 눈이 찢어진 토끼 모양의 베개에 화풀이를 했다. 평상시 조용히 숨어 지내던 이 과장의 성격이 폭발하는 순간이었다.

그러던 이 과장에게 변화가 찾아온 것은 수년 전이다. 회사 게시판에서 경력직 야구단 직원을 모집한다는 공고를 본 것이다. 스포츠면 다 똑같겠지, 하고 별생각 없이 직장을 옮긴 게 비극의 시작이었다. 야구라는 스포츠는 도무지 축구와는 다른 이상한 것이었다. 아니, 스포츠라는 말도 아까웠다.

투수들은 햄릿처럼 인상을 쓰면서 느릿느릿 공을 던지고, 불룩 배 나온 타자들은 똑같이 인상을 쓰면서 공을 칠 듯 말 듯 애간장을 태운다. 관중들은 그러거나 말거나 맥주에 치킨을 뜯으며 하품을 해대고 있었다.

이것이야말로 세계의 끝이군. 이 과장은 절망했다. 이런 지루한 것에 휩쓸린 자신의 운명을 저주했다.

더군다나 비극의 B 스토리로 결혼이 찾아왔다. 대학 때부터 사귀었던 미미(믿기지 않겠지만 본명이다) 말이다. 야구단으로 자리를 옮긴다고, 지방으로 이사도 가야 한다고, 그러면 너랑 만나기도 힘들 거라고, 떠난다면 미련 없이 보내드리겠노라고, 누누이 신호를 보냈지만 미미는 결혼이라는 올가미로 이 과장을 옭아맸다.

물론 이 과장이 처음부터 쉽게 항복을 한 것은 아니었다. 처음 몇 달간은 새벽에 알람을 맞춰놓고 일어나(당시 아카펠라 그룹의 '빠빠빠 빠빠, 뷰티풀 데이~'로 시작하는 알람음을 들으면 벼락에 맞은 것처럼 벌떡 일어났다) 후루룩 세수를 하고, 때론 눈 밑에 파스를 바르곤 변함없이 프리미어리그를 시청했고, 동시에 네이트온에 접속해 동지들과 격렬한 토론을 벌였다. 꾸준히 리그의 트렌드를 따라잡으며 기사의 댓글을 철저히 읽었고, 공감이 가는 댓글에는 '좋아요' 표시를 꾹 누르기도 했다.

하지만 그토록 믿었던 친구들이 먹고살기 바쁘다며 하나둘씩 배신을 했고, 몇몇은 마누라 눈치가 보인다며 메신저에서 로그아웃을 했다. 배신자들에게 치를 떨었지만 이 과장도 곧 현실의 파도에 휩쓸렸다. 매일 직장에서 들들 볶이며 피로에 지쳐가는 데다, 마누라의 배가 불러오면서 새벽 TV 보기 금지령이 내려졌다.

그리고 시간은 꿈처럼 흘러 오늘에 이르렀다.

이 과장은 6시 정각 칼퇴근을 하고 스포츠용품점에 들러 축구공 하나를 샀다. 학창 시절부터 탐내던 FIFA 로고가 찍힌 공인구였다.

은색 소나타를 몰아 어두운 강둑에 주차하고, 조심히 공을 손에 쥐었다. 이리저리 눌러보고, 돌려보고, 주변을 두리번거리다 슬쩍 혀를 내밀어 핥아도 봤다. 갑자기 눈물이 핑 돌았다. 나는 무엇을 위해 살아가고 있는가, 회한이 밀려왔다.

축구에는 이 과장의 젊은 시절 추억과 방황이 서려 있다. 학교 앞 빨간 건물 옥상에 비밀스럽게 가건물이 하나 있었는데 이곳이 이 과장의 자취방이었다. 하늘과 맞닿은 이곳에서 이 과장은 새벽마다 친구들과 프리미어리그를 봤다. 비록 술에 취해 중간에 잠들어버린 날이 더 많았지만 숱한 날들, 녹색 그라운드를 불끈거리며 뛰어다니는 이국의 사나이들에게 열광했다.

자취방 네모난 TV 앞에는 이 과장 외에도 세 명의 한량이 함께였다. 이름과는 딴판으로 늘 배신을 일삼던 우정, 헐크같이 커다란 덩치 주제에 피아노를 전공한답시고 조그만 악보를 옆구리에 끼고 다니던 갑, 모범생 같은 외모에 돋보기안경을 쓰고 다니면서 입에 욕을 달고 살던 윤 조교가 그들이었다. 그리고 버림받은 우리를 구원해줬던 그녀, 입에 담기만 해도 그리운 그 이름,

서연, 서연, 서연.

이 과장은 서연의 이름을 되새기며 가슴을 만졌다. 가 슴 한편이 찌릿했다.

처음 서연을 꼬여낸 건 우정이었다. 학교 앞 노란 간판 의 술집 '한잔 어때' 구석에서 드록바의 이름을 침 튀기며 떠들어대던 서연과 친구들, 그 사랑스러운 여학생들을 발견한 것이다.

이 과장 일행 넷과 서연 일행 셋은 그렇게 나이와 성별 을 뛰어넘는 전우가 되었다. 심야 시간 옥탑방에 포개져 신성하게 축구 관람을 했다. 그리고 가끔 생각난 듯 맥주 를 마셨다. 축구엔 뭐니 뭐니 해도 카스 아니겠어, 하이트 는 좀 그렇잖아. 서연이 그랬던가, 그 옆에 다른 아이가 그랬던가, 그 말에 이 과장은 고개를 끄덕이며 동의했다. 그리고 서연에게 반해버렸다.

몇 년 후, 영국으로 유학 간 서연이 거기 눌러살겠다고 했을 때, 거기엔 베컴 같은 남자들이 넘쳐난다고 들뜬 목

소리로 자랑했을 때, 그러다 루니처럼 머리가 살짝 벗어진 남자 친구가 생겼다면서 싸이월드 대문 사진을 바꿨을 때, 그리고 이 과장이 꿈에 그리던 리버풀에서 계약직으로 일하게 됐다고 했을 때, 그때도 이 과장은 지금처럼 가슴에 손을 얹었다.

이 과장은 한겨울의 그라운드처럼 차가워진 가슴을 움켜잡으며 되뇌었다. 그건 다 내 덕이다.

공부하기 싫어하던 서연을 끌고 다니며 토익 스터디에 가입시킨 것도, 드록바와 블랑카가 같은 사람인 줄 알던 서연에게 유럽 축구의 태동과 성장기, 그리고 현재에 이르기까지 헌신적으로 지도한 것도, 더군다나 짧은 머리에 둥근 눈을 말뚱거리던 선머슴 같은 애한테 머리를 길러보라고 넌지시 조언해서 결국에는 '서연이 지금 보니 전지현 닮았다'라는 평판을 듣게 만든 것도, 다 내 덕이다, 내 덕.

그렇게 이 과장은 어둡고 텅 빈 강둑 앞에서 흰색 축구공을 끌어안고 읊조렸다.

이제 나는 달라지겠다.

이 과장은 다음 날 아침 식탁에서 선언했다.

굳은 의지로 결연한 표정을 지으며 첼시전에 출정하는

퍼거슨 감독 같은 표정으로 말했다. 제법 멋있는 말이었다는 생각에 흡족한 미소가 번졌다.

그 말을 들은 마누라 미미는 잠깐 이 과장의 얼굴을 쳐다보다 말없이 김칫국을 한 숟갈 떠서 입에 넣었으며, 딸 자인이는 "아빠, 달라지는 게 뭔데?"라고 일곱 번 물어봤다.

그래도 나의 의지는 꺾이지 않는다. 현실은 비록 악덕 구단주의 뒤통수처럼 차갑더라도.

이 과장은 다시 한번 마음을 다잡으며 소시지를 입에 욱여넣곤 우걱우걱 씹어 삼켰다.

이 과장은 출근과 동시에 컴퓨터 앞에 앉아 크게 심호흡을 했다. 그리고 전날 마트에서 구입한 '안심하세요, 보안 보안' 필름을 모니터에 끼웠다. 슬쩍 일어나 모니터를 체크했다.

완벽하다. 이 표현은 바로 이럴 때 쓰는 거다. 이 과장이 뭘 하는지 옆에선 전혀 보이지 않는다. 이 과장은 속으로 박수를 두 번 치고 문워크를 걸었다.

다시 자리에 앉은 이 과장은 신성한 마음으로 손바닥을 비비곤 프리미어리그 공부에 들어갔다. 그동안 10년 하고도 3년이다. 프리미어리그도 많이 바뀌었다. 젊었을 때의 총명했던 두뇌는 느려졌다. 학업에도 노력이 필요하다.

천천히 문자를 읽고 정보를 머리에 새겼다. 다른 창에는 누군가 올 때를 대비해 작업 중인 워드 문서를 깔아났다. 그리고 최신 축구 정보를 곱씹었다. 위키피디아와 나무위키를 거쳐 디시인사이드 해외축구 게시판과 최신 뉴스 정보를 넘나들었다. 정보의 파도를 타다 보니 슬슬 근육에 힘이 붙었다. 온종일 마우스를 딸깍거리며 몰입했다.

자고로 가정이 편안해야 나라가 편안하다고 했던가. 이 과장의 원대한 목표도 가정이 흔들리면 이룰 수 없다.

이 과장은 우선 칼퇴근을 하고 집으로 달려갔다. 옆자리 민 차장이 간절한 눈빛으로 맥주 한잔을 외치는 것도 냉정하게 뿌리쳤다.

그리고 천천히 집안 청소를 시작했다. 제법 피치를 올리려는 때, 마누라가 딸을 안고 들어왔다. 마누라의 저 놀라는 눈빛을 보라. 이 과장은 애써 그 눈길을 피하며 사소한 일이라는 듯 중후하게 목소리를 깔곤, "왔어?"라고 내뱉었다. 그리고 계속 청소기를 돌렸다. 구석구석 꼼꼼하게 밀다 보니 어느새 등 뒤에 땀이 송골송골 맺혔다. 나이 먹고 느는 건 땀밖에 없구나. 땀에 젖은 티셔츠를 펄럭거리며 생각했다.

마누라는 별일 다 보겠다는 듯 고개를 갸웃거리다 욕실로 들어갔고, 자인이는 아빠, 로봇 태워줘, 하면서 이 과장의 등에 매달렸다.

하지만 이 과장은 늘 변하지 않는 소나무처럼 흔들림 없이 청소기를 마저 돌리고, 싱크대를 반짝반짝 닦은 후 화장실도 윤이 나게 광을 냈다. 청소를 마치고 거실 쪽을 보니 어느새 TV에선 9시 뉴스를 시작하고 있었다. 피로가 몰려왔지만, 이 정도에서 끝낼 순 없었다.

이 과장은 드러누워 TV를 보고 있던 마누라의 앞에 무릎을 꿇고 앉았다. 이건 또 뭐 하는 쇼인가, 하는 눈으로 마누라가 쳐다봤다. 이럴 때 눈이 마주치면 마음이 약해진다. 이 과장은 시선을 애써 외면하며 손바닥을 척 하니 펼쳐 마누라의 다리를 잡았다. 그러고는 손바닥을 다시 쥐락펴락하면서 다리를 주물렀다. 성심껏 다리를 주무른 뒤 머리 쪽으로 옮겨 가서 두피 마사지를 했다. 그리고 다시 내려가 마누라의 몸을 뒤집은 후 등과 허리 마사지로 마무리를 했다.

처음에는 눈을 옆으로 째며, 어디서 뭔 짓을 했길래 개수작이냐, 하고 다그치던 마누라도 슬슬 고개를 떨어뜨리곤 이 과장의 손에 녹아났다. 이래 봬도 마사지에는 일가견이 있는 몸이다. 군대 시절 이 과장의 별명은 마 일병이었다. 매일 소등 후 선임의 등을 정성껏 주물러 마사지를 잘한다는 의미로 마 일병이라 불렸고, 덕분에 오징어

짬뽕 뽀글이도 제법 얻어먹었던 이 과장이다.

이 과장은 새근거리며 잠든 마누라의 옆에 조용히 누웠다. 그리고 핸드폰 알람을 확인했다. 오전 3시 40분, 맨유와 첼시의 빅 매치가 시작되는 시간이다. 이 과장은 크게 심호흡을 하고 허리를 쭉 폈다. 오랜만의 노동에 지친 허리 근육이 약간 찌릿했다. 잠시 허리를 이리저리 꼬물거리곤 천천히 눈을 감았다. 이제 내 인생은 달라질 거라는 설렘을 안고……

다음 날 회의 시간 중에도 이 과장은 왠지 모르게 피식피식 웃음이 났다. 다른 직원들은 평소처럼 어제 자이언츠가 어떻고, 타이거즈가 어떻고, 이번에 들어온 슬러거 신인 곽 머시기가 어떻고부터 시작해, 그러다가 옆 팀 강 감독의 사생활이 어떻고, 그 밑에 베테랑 이 머시기 선수가 어떻고로 넘어가 결국에는 최근 방송에 새로 나오는 아나운서의 몸매가 어떻더라고 하는 대화를 주고받았다.

바보들. 인생의 진정한 즐거움을 모른다. 이 과장은 다른 사람들의 말을 흘려들으며 오늘 새벽 맨유가 결승 프리킥을 얻었던 게임의 흐름에 대해 생각했다. 결국은 미드필더 브페의 스루 패스가 결정적이지 않았을까, 하는 게 이 과장의 분석이었다.

이 과장은 구석에서 씩 웃음을 지었다.

"요즘 뭔가 달라 보이는데, 무슨 좋은 일이라도 있어?"

민 차장이 맥주로 불룩해진 배를 두드리며 물었다.

"에이, 뭐 별일이야 있겠어, 다 똑같지."

이 과장은 남은 맥주를 입에 털어 넣으며 중얼거렸다.

이미 공통의 대화 소재는 바닥나버렸다. 언제나처럼 야구단 동향으로 시작한 이야기는 회사 상사의 뒷담화를 거쳐 가족에 대한 푸념으로 넘어갔다. 사는 게 별로 재미가 없다, 하는 민 차장의 레퍼토리가 이어졌다.

"분명 이렇지 않았는데, 젊을 때는 회사 일에도 열정이 넘쳤는데 말이야, 어느새 바람 빠진 풍선이 돼버렸다고."

얼큰해진 목소리로 민 차장이 말했다. 그리고 "여기 두 잔 더요."라고 외치곤 다시 한숨을 쉬었다.

민 차장과 알게 된 지 벌써 10년이 넘었다. 가족보다 민 차장 얼굴을 보는 시간이 더 길었다. 옆자리에 앉아 넋두리를 주거니 받거니 하다 보니 어느새 함께 나이를 먹어버렸다.

언제부턴지 민 차장 이마에 주름이 부쩍 선명해졌다. 흰머리도 소복하게 쌓였다. 남들도 다 이렇게 나이를 먹겠지. 별수 없다고 생각했었다. 인생 뭐 있겠어, 라고 체

넘했다. 하지만 지금은 아니다. 나는 달라졌다.

민 차장과 호프집에서 나와 담벼락에 붙어 쪼르르 소변을 봤다. 그리고 "한 잔 더"를 외치는 민 차장을 택시에 욱여넣었다.

민 차장은 두 팔로 저항했다. 그러면서 언제 우울해했냐는 듯 금세 새끼손가락을 흔들며 옆에 새로 생긴 바가 아주 끝내준다고, 한 잔만 더 하자고 졸라댔다. 예전 같으면 별생각 없이 따라갔을 것이다.

토라진 표정의 민 차장을 결국 택시 안으로 밀어 넣고 손을 흔들었다. 그리고 어두워진 골목을 걸어갔다.

오늘 새벽엔 게임이 없다. 그래도 집에는 마누라가 잠들기 전까지 도착하는 게 나름의 원칙이다. 가정에 미리 투자해야 한다. 미래를 생각하면 차곡차곡 저축이 필요하다.

요즘엔 저녁 약속도 되도록 피했다. 습관적으로 만들던 술자리도 줄었다.

집 앞 골목길에서 불끈 힘이 솟았다. 원래 피곤함에 절어 비틀거리며 돌아가던 길이다.

이 과장은 담벼락에 비친 자신의 그림자를 봤다. 그리고 주먹을 쥐어봤다. 힘이 들어갔다.

자세를 잡고 드리블을 해봤다. 그림자도 그대로 따라했다. 맹렬하게 공을 몰고 가다 슛하고 골을 넣었다. 와~

하는 관중들의 함성이 들리는 듯했다. 손바닥을 귀에 대고 관중들의 함성을 감상했다.

그래, 이것이 사는 것이다.

이 과장은 다시 삶의 활력을 찾았다.

그동안 지질했던 나는 잊어다오. 나는 프리미어 팬으로 다시 태어난 이 과장 리턴즈다.

이 과장은 두 팔을 번쩍 들었다.

누군가 그랬던가.

모든 불행은 가장 행복할 때 찾아온다고.

원래 누군가의 말은 진실인 경우가 많다. 이번에도 그랬다.

이 과장의 평화로운 항해에 돌을 던진 사람은 바로 김 부장이었다.

그룹 감사팀 출신, 전공은 회계학, 거기다 연고 지역에서 초중고를 모두 마친 토박이에, 더군다나 야구에 살고 야구에 죽는 야생야사 사나이였다.

"거, 우리 팀이 원래 명문 중의 명문 아니던가. 그런데 요즘 야성을 잃었어. 내가 온 이상 프런트들부터 야성을 찾는다. 알았나?"

김 부장은 환송식에서 어마무시한 건배사를 내뱉더니

글라스에 가득 채운 소주를 벌컥벌컥 한 번에 다 비웠다. 그러고서 입을 쩍 벌린 채 자신을 바라보고 있는 직원들을 쏘아봤다. 눈빛에 압도당한 일동은 앞에 놓인 소주잔을 들어 원샷해버렸다. 김 부장은 악마 같은 웃음을 지으며 고개를 끄덕였다.

아, 뭔가 꼬인 것 같다.

이 과장의 뒤통수가 싸해졌다. 슬픈 예감은 틀리지 않았다.

김 부장의 개혁은 바로 다음 날부터 시작됐다. 출근 시간을 30분 전으로 앞당기더니 무려 알통 구보를 시작했다. 선수들이 새벽 조깅 후 샤워하러 간 사이 프런트들은 웃통을 벗고 차가운 운동장을 뛰어다녔다. 누군가 그랬다. 벗은 것만 봐도 선수와 프런트를 구분할 수 있다고. 그 말을 증명하듯 프런트들은 하얗고 뽀얀 살을 출렁거리면서 운동장을 뛰었다. 한겨울로 접어든 날씨에 하얗게 입김까지 났다. 유난히 피부가 약한 이 과장의 팔에 닭살이 돋았다.

하지만 알통 구보는 시작에 불과했다. 김 부장은 직원들에게 '내가 생각하는 팀의 문제점'을 매일 한 가지씩 적으라고 했다. 실수하는 직원에겐 용서 없이 사자후를 날렸다.

며칠 전에는 민 차장이 제대로 걸렸다. 보고서에서 오타가 발견된 게 문제였다. "자네들은 너무 타성에 젖어 있어. 언제까지 그럴 건가?"를 시작으로 쩌렁쩌렁한 연설이 10여 분간 이어졌다. 민 차장은 그 앞에서 물에 젖은 지푸라기처럼 축 처져 있었다. 주어가 자네들이라는 복수형인 걸로 봐서 민 차장뿐 아니라 다른 직원들도 들으라고 하는 말인 것 같았다.

독재자의 공포 정치에 평민들은 바르르 몸을 떨었다.

"이 과장, 지금 뭐 하는 건가?"

팔에 돋은 닭살을 쓰다듬으며 그날 새벽 프리미어리그 경기를 복기하던 이 과장의 뒤에서 저승의 소리가 울렸다. 이 과장은 얼얼해진 귀를 잡고 슬쩍 고개를 돌렸다. 등 뒤에는 김 부장이 장승처럼 서서 이 과장을 노려보고 있었다. 이 과장은 잠시 눈앞에 드러난 김 부장의 갈색 벨트를 쳐다봤다. 바지를 상당히 올려 입었군, 하고 이 과장은 생각했다.

"지금 대체 뭘 보고 있는 거야? 자네 뭐 하는 사람인가? 엉?"

김 부장의 발성은 복식 발성이었다. 틀림없다. 소리를 외칠 때 배가 출렁거렸다.

쨍쨍거리며 울리는 소리에 식당 여사님들까지 사무실 문을 기웃거렸다.

"저, 저기…… 관련 기사를 조금…….”

이 과장은 적당한 단어를 고민하며 말을 흐렸다.

"이게 대체 무슨 관련인가? 우리가 축구팀인가? 야구팀 인가? 이 과장은 대체 어디 소속이야?"

김 부장은 얼굴까지 새빨개지면서 소리를 질렀다. 고 래고래 소리치는 입에서는 어젯밤 마셨을 것 같은 소주 냄새가 풍겼다.

"저, 다른 종목도 알면 좋지 않을까 해서…….”

"시끄럽네. 이 과장은 정신을 아예 빼놓고 있구먼. 퇴 근 전까지 경위서 써내게. 알겠나?"

김 부장은 이 과장의 말을 단번에 묵살하고 휙 돌아섰다.

아, 경위서라니.

이 과장은 얼얼해진 귀를 후비며 인상을 썼다. 학창 시 절부터 반성문 쓰는 게 가장 싫었다. 차라리 손바닥을 때 려주지, 긴 여백을 또 무슨 거짓말로 메우나. 벌써 한숨이 푹 나왔다.

그날 이후 이 과장은 갑자기 페이스를 잃어버렸다. 원 래 속공에는 페이스가 중요한 법이다. 톡톡 패스를 이어 나가면서 리듬을 이어가는 게 중요하다. 이 과장의 리듬은 중요할 때 그 페이스가 끊겼다. 한번 잃은 리듬은 다시 찾기 어려웠다.

그래도 한동안 저항했다. 이전처럼 새벽에 일어나 프리미어리그를 봤다. 일부러 페이스를 올리려 속도를 냈다. 하지만 경기를 볼 때마다 김 부장의 얼굴이 떠올랐다. 급기야 경기를 보면서 졸다가 김 부장의 벨트에 목이 졸리는 악몽까지 꿔버리곤 시청을 포기했다.

관련 기사를 보기도 힘들었다. 집에서는 잘못 발을 들여놓은 가사 노동에 시달리느라, 또 자인이가 들러붙어서, 도저히 집중할 수가 없었다. 기사 검색은 역시 회사가 짱인데…… 이 과장은 입맛을 다셨다.

이 과장의 일상은 다시 바람 빠진 풍선이 돼버렸다. 어차피 인생은 되는대로 사는 것인지도 모른다. 민 차장만이 이 과장의 복귀를 반겼다.

"그래, 그래, 역시 직딩들의 낭만은 이런 거밖에 없지."

민 차장이 게걸스럽게 웃으며 맥주잔을 비웠다.

"어때, 오늘은? 저기 바에 명함도 받아놨는데."

새끼손가락을 흔들며 애교까지 부린다.

그래, 가자. 어차피 이 정도의 인생인 것이겠지.

이 과장도 맥주잔을 들어 원샷을 해버렸다. 그리고 큰

소리를 내면서 테이블에 맥주잔을 내려놓았다. 맥주잔에 부딪혀 포크가 바닥에 떨어졌다. 호프집엔 이 과장의 한숨과 민 차장의 웃음소리가 뒤섞였다.

위기 뒤 찬스라는 말이 있었던가.

드디어 이 과장의 라인에 공이 넘어왔다. 상대의 빈 공간이 멀찌감치 눈에 보였다.

발단은 마케팅팀 문 팀장의 지시에서 시작됐다. 김 부장 혁신 프로젝트의 일환이었다.

요즘 팀의 응원이 약하다는 팬들의 여론이 비등하다, 이참에 응원 잘한다는 사직에서 벤치마킹을 해보자, 우리라고 못 할 것 있냐, 우리도 명문 구단 한번 해보자, 라며 문 팀장이 이 과장의 등을 떠민 것이다.

금요일 오후 지방 출장이라니, 크게 한숨이 나왔다.

이 과장은 사직구장의 응원이 특별히 대단하다고 생각하지 않는다. 어차피 응원은 거기서 거기다. 저쪽에서 반짝이는 아이디어가 있다면, 이쪽도 그만큼은 가지고 있다.

사직 응원의 힘은 열정적인 관중에게 있다. 그렇게 벌 떼같이 몰려드는 관중이 있다면 어깨동무하고 「아리랑 목동」을 불러도 신나지 않겠는가. 원인이 눈앞에 뻔히 보이는데 애먼 데서 답을 찾는 꼴이다.

이 과장은 무료한 눈으로 사직구장의 곳곳을 살펴봤다. 배가 고파 사직의 명물인 거인 핫도그를 입에 물고 홈팀 응원석을 둘러봤다. 그때 갑자기 귀에 익은 목소리가 들려왔다.

"청~보. 청보 청보 청보. 승리의 청보~!"

이 목소리는?

이 과장은 코를 킁킁거리며 소리가 나는 쪽으로 향했다. 그곳엔 익숙한 실루엣이 있었다. 배까지 한껏 치올린 바지를 입고 이리저리 주황색 풍선을 휘두르며 소리를 지르고 있는 저 중년 사내는…… 김 부장이었다.

이 과장은 입을 쩍 벌리고 이 놀라운 광경을 바라봤다. 가족들과 함께 놀러 온 듯한 김 부장은 실로 열성적으로 청보 자이언츠를 응원했다. 선수가 나올 때마다 고래고래 응원가를 부르는 모습을 보니 한두 번 응원한 폼이 아니었다. 더군다나 그 옆에 부인으로 보이는 중년 여성은 자이언츠의 마스코트인 돌돌이 인형을 머리에 꽂기까지 했다.

순간 음산한 음악이 깔리면서 서스펜스가 시작됐다. 갑작스러운 반전에 관객들은 소름이 돋았다.

김 부장은 자이언츠의 팬이다.

이 과장은 확신했다. 김 부장은 그동안 거짓말을 했던 것이다. 자란 곳은 구단이 속한 무진일지 몰라도, 응원하는 팀은 드래곤스의 철천지원수인 청보 자이언츠였다. 저 현란한 몸놀림을 보라! 그는 자이언츠의 오랜 팬이다.

이 과장은 떨리는 손으로 천천히 핸드폰을 꺼냈다. 그리고 핸드폰을 카메라 모드로 돌려 이 진귀한 장면을 촬영하려고 했다. 하지만 뷰파인더에 비치는 김 부장의 모습을 보다가 피식 웃음이 나왔다.

이 과장은 핸드폰을 내려놓고 김 부장을 지켜봤다. 추켜올린 배바지를 입고 폴짝거리며 응원하는 김 부장의 모습이 낯설지 않았다.

그날 밤, 이 과장은 편안한 마음으로 프리미어리그 경기를 시청했다. 보면서 피식피식 미소가 번졌다. 괜히 음하하 하고 웃음이 터졌다. 오랜만에 게임을 보니 더 재밌었다. 경기 내용이 머리에 쏙쏙 들어왔다. 역시 축구는 새벽에 생방으로 봐야지, 하고 마누라의 코 고는 소리를 들으며 생각했다.

월요일 아침, 회사 뒤편에서 담배를 피우다 보니 평소처럼 김 부장이 어슬렁어슬렁 걸어왔다. 김 부장을 본 이 과장은 꾸벅 인사를 했다. 그리고 김 부장을 향해 씩 웃어

췄다. 동지라는 마음을 흠뻑 담은 친근한 웃음이었다.

김 부장은 이놈이 대체 왜 이러지, 하는 떨떠름한 표정을 짓더니 슬금슬금 자리를 피했다. 그 모습이 마치 똥 마려운 강아지 같았다.

이 과장은 자리에 앉아 컴퓨터를 켰다. 그리고 업무 문서와 함께 프리미어리그 뉴스 보기 창을 띄웠다.

가끔 머리 식힐 일탈이 필요하다. 누구라도 그렇다. 일상만으로 가득 찬 인생은 폭발해버리고 만다. 그 사이에 저마다의 여백은 필수다.

이 과장은 이런 생각을 하면서 기사를 클릭했다. 그때 뒤에서 누군가의 기척이 들려 재빨리 창 바꾸기 버튼을 누르고 문서를 노려봤다.

헴헴, 하고 김 부장이 헛기침하는 소리가 들렸다.

김 부장은 잠시 이 과장의 뒤에 서 있다 주춤거리며 사라졌다.

이 과장은 어딘가로 끙끙거리며 사라지는 김 부장의 뒷모습을 바라보다, 다시 창 바꾸기 버튼을 눌렀다.

#2 붉은 노을

그러니까 김만정이 눈을 뜨게 된 것은 그날 오후의 그 사건 때문이었다. 1군 선수단은 아직 전지훈련을 가 있던, 꽤 쌀쌀하던 2월 초의 어느 오후였다.

"만정아, 용 단장 호출이다."

같은 팀 동기 고 반장이 어깨를 치며 말했다. 입으로 불을 뿜는 흉내도 냈다.

고 반장은 고씨 성을 가진 팀의 투수인데, 프로에 입단한 뒤 노예처럼 등판하다 지금은 어깨가 나가버려 쉬고 있는 녀석이다. 재활과 복귀를 반복하는 형편이다. 프로 경력 대부분을 2군에서 보냈다. 그래도 워낙 싹싹한 성격이라서 2군 훈련장을 제집 드나들듯 하며 속 편하게 살고 있다. 덕분에 고 반장이라는 별명을 얻게 됐다. 코치들도 함부로 대하지 못한다.

용 단장이 나를? 의아했다. 평소에 1군, 그것도 코어 선수에게만 관심을 두던 양반인데.

용 단장의 얼굴이 떠올랐다. 160센티미터가 될까 싶을 정도로 자그마한 키에, 입에는 토속 사투리를 달고 사는 고집스러운 아재. 사투리가 하도 세서 무슨 말인지 다들 하나도 못 알아듣는다. 선수단에 용 단장 전담 통역사가 있을 정도였다. 용 단장이 선수단에 쏼라쏼라 폭풍 연설을 하고 가면 통역사가 슬쩍 요지를 축약해주는 식이었다. 흥분할 땐 얼굴이 불을 뿜을 듯 새빨개졌다. 그림에 재능이 있는 어떤 선수가 용 단장 캐리커처를 그렸는데, 그게 꼭 불을 뿜는 용 같아 보였다. 성도 특이하게 용씨인지라, 용 단장이라는 호칭이 아주 잘 어울렸다.

단장실로 가는 복도가 멀어 보였다. 복도에는 역대 드래곤스의 황금기 때 찍은 사진들이 붙어 있었다. 오래전 일이다. 드래곤스가 마지막으로 가을 야구를 한 지 벌써 10년이 다 되어간다.

잠시 선수들이 헹가래 치는 사진을 쳐다봤다. 당시 현장의 흥분이 느껴지는 것 같았다. 물론 김만정과는 먼 일이다. 그리고 보니 용 단장과 단둘이 면담을 하는 것은 처음이다. 설마 나한테 불을 뿜을 일이라도 생긴 걸까.

조심스럽게 단장실을 노크했다.

"누구고?"

깊은 동굴 속에서 용이 트림하는 것 같은 소리가 들렸다. 이름을 말하고 들어갔다.

용 단장은 김만정을 보고 금방 반가운 척을 했다. 안 어울리게 미소까지 지으며 고개를 끄덕였다. 용 단장이 가리키는 자리에 앉았다.

"에…… 김만정, 요즘 운동은 잘하고 있나?"

용 단장이 인자한 스승 같은 말투로 물었다. 갑자기 콧등이 간지러워졌다.

"아…… 네, 뭐, 그냥저냥……."

괜스레 주눅이 들어서 우물거렸다. 용 단장 앞에 서면 작아진다. 하긴 고등학교 때도 감독 앞에만 서면 콧등이 간지러웠다.

용 단장은 의례적으로 근황을 몇 가지 묻더니 본론으로 들어갔다.

"니가 올해 몇 살이지?"

"올해 서른이 됐습니다. 내년엔 하나고요."

이번엔 등 쪽이 가려웠다. 선수에게 나이 얘기는 피하고 싶은 소재다.

"음……."

용 단장은 잠시 먼 산을 쳐다보다가 말을 이었다.

"너 말이야, 직원 해볼 생각 없나?"

저절로 눈이 동그래졌다. 직원이라니.

"이거 아무에게나 제안하는 거 아니다. 알제? 내가 그동안 보니까 니가 성실하기도 하고, 그래서 신경을 써주는 거다. 이제 너도 앞날을 생각해야 안 하나."

용 단장은 김만정을 향해 얼굴을 한 뼘 더 내밀었다. 콧구멍 속 코털도 움찔거리며 움직였다.

"마침 우리 원정 기록원이 부족하거든. 새 출발을 해보자. 내가 힘껏 밀어줄게. 너 내 모르나."

용 단장이 가슴을 탕탕 치며 말했다.

김만정의 심장이 빨라졌다. 그 말은 자신에게 은퇴하라는 말과 다름없었다. 이제 겨우 서른이다. 요즘 야구 선수들이 은퇴하는 나이는 점점 늦어지고 있다. 서른은 한창 힘을 쓸 나이다. 아직 끝내기에는 이르다.

더군다나 원정 기록원이라면 계약직 아닌가. 계약직에서 정규직으로 넘어가는 일은 기적에 가깝다는 것을 선수인 자신도 알고 있었다. 얼마 전 원정 기록원으로 일하던 권 선배가 그만두게 된 것도 계약이 만료됐다는 이유에서였다.

그렇게 일하다가 그만두면 그다음에는 무엇을 한단 말인가. 김만정은 설레설레 고개를 저었다. 눈도 파르르 떨렸다.

"저기…… 말씀은 감사하지만 아직은 끝내기에 이른 것 같습니다. 올해 한 번 더 도전해보고 싶습니다."

정중히 거절하고 단장실에서 나왔다. 괜히 뒤가 켕겼다.

용 단장은 조용히 고개만 끄덕였다. 성격 급한 용 단장의 얼굴이 빨개지기 시작했다. 빨간색이 물감처럼 얼굴 중앙에서 귀로 퍼졌다. 김만정은 용 단장이 앙갚음할지도 모르겠다고 생각했다. 자기 말을 따르지 않았다고.

2월 초의 날씨는 아직 꽤 추웠다. 자연스럽게 파란색 구단 점퍼를 목까지 끌어올렸다. 멀찌감치 벤치에 앉아서 멍하니 그라운드를 바라봤다. 그라운드에선 파란색 유니폼을 입은 선수들이 함성을 지르며 공을 주고받고 있었다. 선수들의 입에선 하얗게 입김이 올라왔다.

그래, 여기였다. 나의 청춘이 숨 쉬던 곳.

비록 1군 같은 스포트라이트는 없지만, 그래도 여기서 뛰는 동안 행복했다. 야구에만 전념했다. 다른 일에는 관심이 없었다.

프로구단에 처음 지명받던 날이 생각났다. 유니폼을 챙

겨 입고 서울까지 일부러 올라갔다. 서울역에서 기차가 멈췄을 땐 심장이 터질 듯 긴장됐다. 신인 드래프트가 열리는 호텔에 들어서자 정신이 아찔했다. 번쩍거리는 호텔 로비를 보곤 등이 간질거렸다. 로비를 걸어다니는 사람들도 세련돼 보였다. 김만정이 살던 세계와는 다른 곳에 사는 사람들 같았다. 멀리 각 구단 로고가 새겨진 깃발이 보였다. 어떤 팀이든 선택만 해주세요, 부디. 열심히 할게요.

크게 심호흡을 하고 신인 드래프트가 열리는 커다란 룸으로 들어갔다. 안으로 들어가니 정면에 커다란 무대가 설치돼 있었고 무대 바로 뒤에는 커다란 방송용 카메라가 있었다. 무대 위에선 TV에서 자주 보던 여자 아나운서가 리허설을 하고 있었다. 아나운서의 청아한 목소리가 귓가에 닿았다. 평소 김만정이 남몰래 흠모하던 사람이었다. 실제로 보니 꿈결 같았다.

선수 대기석에 앉아서 유니폼의 단추를 하나 풀었다가 다시 채웠다. 가장 앞줄엔 그해의 유망주들이 앉아 있었다. 녀석들의 뒤통수가 보였다.

드래프트가 시작되자 앞 순위의 선수부터 차례로 호명됐다. 한 명씩 의기양양한 곰 같은 표정을 지으며 일어섰다.

김만정은 점점 초조해졌다. 선수들이 앉아 있던 의자

가 하나씩 비어갈수록 심장 박동이 빨라졌다. 비록 고졸 선수보다 나이는 많은 편이지만, 지난 4년간 열심히 했다. 대학 레벨에선 꽤 높은 수준의 포수였다. 누군가는 알아줄 것이다.

다행히 김만정은 가장 마지막 10라운드에서 이름이 불렸다.

"부마대 포수 김만정."

자신도 모르게 두 손을 번쩍 들었다. 주변 사람들이 킥킥거리며 웃었다. 잠시 창피한 생각이 들었지만 그래도 좋았다. 드디어 프로다. 손이 땀에 젖어 촉촉해졌다.

그리고 시간은 꿈같이 흘러 오늘이 됐다. 나이는 서른 줄에 접어들었다. 같이 지명받았던 동기들도 어느새 하나둘씩 스포츠 신문 1면에 이름을 올리고 있었다.

하지만 김만정의 지금은 2군의, 그것도 어린 유망주 포수의 백업이다. 쉽게 말해 유망주가 체력이 떨어졌을 때 대신 나가는 대체 선수다.

김만정은 한 번도 자신이 주인공이라고 생각한 적이 없었다. 포수 포지션을 선택한 것도 그래서다. 투수라는 그라운드의 주연을 돋보이게 하면 그만이라는 생각이었다.

하지만…… 그라운드를 보고 있자니 지난 7년간의 세월이 스쳐 지나갔다. 정말 이대로 끝이란 말인가.

얼마 전 헤어진 미희가 그랬었지.

"등장 음악도 없는 무명 선수한테 내 인생을 맡길 수는 없잖아!"

그래, 나에겐 등장 음악이 없다.

원래 2군 선수에게는 관중의 환호도, 스포트라이트도, 카메라도, 그리고 등장 음악도 없다. 어쩌다 시즌 막판 확장 엔트리 때 1군에서 뛰는 경우가 있지만, 대부분은 경기 후반 대수비나 대타로 나서는 게 전부다. 그런 선수에게 등장 음악이 있을 리 없다. 무명 선수가 등장할 때 공통으로 나오는 기운 빠지는, 뽕끼 가득한 지역 가수의 음악이 들려올 뿐이었다.

나만의 등장 음악을 갖고 싶다.

김만정은 벼락같이 결심했다. 나만의 등장 음악을 들으며 타석에 서고 싶다.

딱 거기까지다. 우선은 여기에 모든 것을 걸어보자. 그 이후엔 미련 없이 은퇴든 뭐든 할 수 있을 것 같다.

다음 날부터 정신을 가다듬고 집중했다. 그리고 선수로서 자신에 대해 냉정하게 분석했다.

수비는 자신 있다. 블로킹만큼은 1군 수준이라는 평을 듣고 있다. 투수와의 커뮤니케이션도 괜찮은 편이다. 원래 친절한 성격이다. 그런 면이 투수에게 편안함을 준다는 게 자신의 분석이다.

최근엔 프레이밍 기술도 꽤 늘었다. 누군가에게서 1군과 2군 포수의 가장 큰 차이가 프레이밍 기술이라는 말을 들었기 때문이다. 자연스럽게 볼을 잡으며 심판의 눈을 속이는 기술이다. 처음 프레이밍에 대해 들었을 때는 속인다는 말에 도둑질하는 기분이었으나, "야, 주자도 베이스 훔치잖아. 야구의 기본이 훔치고, 속이는 거야"라는 고반장의 말에 생각을 고쳤다. 그 이후 프레이밍도 열심히 연습했다. 덕분에 지금은 꽤 자신 있었다.

하지만 역시 문제는 방망이다. 아무리 수비에 자신이 있다고 해도 방망이가 약하면 1군은 무리다. 송구도 부족하다. 아직 그라운드 전체를 보는 시야가 좁고, 글러브에서 볼을 빼는 자세가 늦다. 때문에 1군 수준의 주자가 나가면 포수로서 당황하게 된다.

김만정은 2군에서 배터리 코치를 맡고 있는 명 코치에게 특별훈련을 부탁했다.

"나도 이제 서른이잖아, 형."

더그아웃 뒤로 따로 불러 명 코치의 점퍼 주머니에 따

뜻한 캔커피를 넣어주며 눈을 찡긋했다. 눈이 마주치자 명 코치는 허허거리며 웃었다. 불과 얼마 전까지도 같이 선수로 뛰었던 그는 김만정에 대해서 가장 잘 아는 사람이다.

그러고 나서 지난 세 달간 정말 열심히 했다. 가장 먼저 출근하고 가장 늦게 퇴근했다. 프로 1년 차 이후 가장 부지런했다. 덕분에 마음가짐부터 달라졌다.

볼을 빼고 던지는 과정을 반복했다. 지루한 훈련이다. 그동안 게을리했던 훈련이기도 했다. 괜히 요령을 피웠었다. 하지만 이번엔 이를 악물고 반복 훈련을 했다.

방망이는 열심히 돌리는 수밖에 없다는 말에 매일 스윙 천 개씩을 소화했다. 몸이 스윙에 익숙해져야 한다. 스윙하는 폼을 보고 명 코치가 교정을 해줬다. 가끔 고 반장도 옆에 와서 신기한 듯 쳐다보며 거들어줬다. 투수의 관점에서 보고 도움이 되는 말을 해줬다.

하체 훈련도 열심히 했다.

"야구는 하체야, 알겠어?"

앞짱구가 심한 트레이너 짱구 형이 입만 열면 하는 말이었다. 짱구 형은 김만정이 훈련에 몰두하는 게 좋은지 신이 나 있었다. 선수 괴롭히는 걸 즐기는 게 아닌가 싶기도 했다.

강도 높은 훈련에 자연스럽게 입에서 단내가 났다. 그동안 이렇게 하체가 부실했었나. 프로 선수가 맞나 싶었다. 마찬가지로 반복 훈련밖에 없었다. 이제 몸도 예전 같지 않다. 한 살씩 나이를 먹을 때마다 실감했다. 하루하루가 다르다. 몸은 늙고 있다. 그래서 더 포기할 수 없다.

그래도 점점 몸이 달라지는 게 느껴졌다. 사람의 몸이라는 것이 정직하기는 한 모양이다.

최근엔 홈런도 하나 기록했다. 가볍게 치는 기분으로 툭 휘둘렀는데 공이 좌측 담장을 넘어가버렸다.

"야, 니가 웬일이냐. 몰래 보약이라도 달여 먹었냐."

더그아웃에서 기다리던 명 코치가 놀렸다.

기분이 상쾌했다. 2군 경기이긴 하지만, 마지막으로 홈런을 친 지 벌써 몇 년이 지났다. 부드럽게 돌렸는데 홈런까지 이어졌다. 힘을 빼고 스윙하라는 말은 진리였던가 보다. 홈런 쳤던 감을 기억하려고 그날 경기를 마치고 특타를 했다.

간만의 휴식일이다.

오전에 혼자 하체 훈련을 한 뒤 시내 미용실로 향했다. 시내라고 해봐야 지방 대학교 앞의 조그마한 거리다. 대학생들을 대상으로 하는 밥집과 술집이 몇 군데 있고, 미용실도 있다.

그동안 신경을 안 쓰고 있었더니 머리가 덥수룩해졌다. 수염도 꽤 자랐다. 원래 깔끔한 성격인데, 이렇게 내버려 둔 것도 오랜만의 일이다.

길을 가고 있는데 멀리서 단정한 차림의 여자들 두 명이 싱긋 웃으며 다가왔다. 한쪽은 젊었고 다른 한쪽은 나이가 좀 들어 보였다. 드래곤스 팬인가, 처음엔 그런 생각이 들었다. 설마, 나를 어떻게 알고. 하지만 곧이어 "저기, 인상이 참 좋으세요. 그런 얘기 많이 들으시죠?" 하는 말을 듣고 역시, 라고 생각했다. 사람이 많은 곳에서 포교 활동을 하는 무리인 것 같았다. 그럼 그렇지.

두 사람을 외면하고 발걸음을 재촉했다. 봄날의 대학 거리는 학생들로 붐볐다. 알아보는 사람은 없다. 철저한 무명이다. 그래도 지역 야구단의 선수이건만. 예전엔 서운한 마음도 들었다. 어릴 땐 그랬었다.

지금 저 사람들에게 난 어떤 사람으로 비칠까. 강사? 백수? 아니면 혹시 대학생? 설마. 하지만 아무래도 야구 선수로는 보이지 않을 것 같았다.

가게 스피커에서 최신 가요가 흘러나왔다. *hey, boy, listen up,* 하며 시작하는 랩이었다. 도무지 무슨 소리인지 모르겠다. 요즘 노래는 알아들을 수가 없다니까. 새삼

나이를 먹어버렸다는 느낌이 들었다.

　멀리서 봄바람이 불어와 머리카락을 흩트렸다. 따뜻한 봄기운이 느껴졌다. 거리 한구석에선 벚꽃 나무가 꽃잎을 날리고 있었다. 벚꽃이 떨어지는 모습을 잠시 멍하니 바라보다 다시 발걸음을 재촉했다.

　미용실 문을 여니 따르릉 소리가 들렸다. 낯익은 얼굴의 미용실 원장이 눈인사를 건넸다.

　"그냥 알아서 짧게 깎아주세요."

　그러고는 눈을 감고 전날 경기에서의 송구에 대해 생각했다. 주자가 뛸 때 글러브에서 볼을 빼는 타이밍이 너무 늦었다. 좀 더 빠르게 움직여야 한다. 잡다한 동작을 줄이자. 내일 경기에선 부드럽게 손목을 써야겠다.

　"저기요……."

　생각에 빠져 있는데 누군가 귀에 속삭였다. 고개를 들어 쳐다봤다. 미용실에서 보조 일을 하는 여자아이였다. 노란색 단발머리에 파리한 인상의 여자아이. 몇 번 본 기억이 났다. 키는 작고 눈만 동그랗게 컸다. 눈에 띄는 타입은 아니었다.

　김만정의 시선을 받은 여자아이가 드라이기 잡은 손을 바르르 떨기 시작했다.

　"아니, 그게 아니라, 요즘 송구가 좋아지신 것 같아서요."

여자아이는 남몰래 지켜오던 가문의 비밀을 털어놓듯 김만정의 귓가에 속삭였다.

송구라니? 깜짝 놀라서 쳐다봤다. 여자아이의 얼굴이 빨개졌다. 드라이기를 든 손이 더 빠르게 떨렸다.

"아니, 그게 아니라, 죄송하지만 고등학교 때…… 기억 못 하시겠지만……."

여자아이 얼굴을 자세히 봤다. 음…… 조금씩 기억이 났다.

운동장 멀찌감치 서서 연습 광경을 지켜보던 키 작은 아이. 종종 얼굴을 보이곤 했던 것 같다. 그땐 그저 할 일 없는 사람이 참 많기도 하다고 생각했었다. 김만정의 타입도 아니었던 터라 그냥 스쳐 지나갔다. 평범한 인상이라 기억에 남지도 않았다. 길에서 마주쳤으면 못 알아봤을 거다. 당시엔 긴 머리였는데 지금은 단발머리에 노랗게 염색을 했고 그러다 보니 분위기도 달라졌다. 하지만 커다란 눈만은 그대로였다.

"아, 그때……."

김만정이 고개를 끄덕이자 여자아이의 표정도 비로소 밝아졌다. 김만정을 따라서 고개를 끄덕이며 웃었다. 웃을 때 보조개가 들어가는 게 미희를 생각나게 했다. 물론 미희는 훨씬 화려한 스타일이다.

여자아이의 이름은 윤정이라고 했다.

"외모도 평범한데 이름까지 평범해서……."

문지도 않았는데 윤정은 괜히 구시렁구시렁 변명을 늘어놓았다.

그날 이후 윤정은 허락이라도 받은 양 일주일에 두 번씩 2군 훈련장인 볼파크에 연습을 보러 왔다. 일주일에 두 번을 쉬니, 휴일마다 볼파크로 오는 셈이었다. 볼파크는 꽤 외진 곳에 있었는데, 윤정은 자가용도 없는지 매번 버스를 타고 왔다.

"별로 할 일도 없고 해서……."

역시 문지도 않은 말을 중얼거렸다. 그리고 올 때마다 이런저런 먹을거리를 싸 왔다.

"식당 밥 먹어도 되는데……."

김만정이 콧등을 긁으며 투덜거리면 윤정은 얼굴이 빨개져 가지고 손가락을 만지작거렸다. 고개를 숙인 윤정의 얼굴에 배시시 미소가 번졌다. 곧 귀까지 빨개졌다.

그래도 기분은 나쁘지 않았다. 김만정에게는 팬이 거의 없었다. 야구 인생을 통틀어도 그렇다. 꽤 유명한 야구 명문 고등학교에 다녔지만 스포트라이트는 전부 그날의 투수에게 돌아갔다. 김만정은 멀찌감치 떨어져 에이스가 응원받는 모습을 지켜보는 게 전부였다. 자신은 주목받을 만한 실력도 아니라고 생각했다.

그러던 어느 날이었다. 파릇한 초여름, 볼파크의 나무들도 파랗게 물들던 때, 그날도 윤정은 과일 도시락을 싸왔다. 윤정과 나무 그늘에 대충 걸터앉아서 그라운드를 쳐다봤다. 한낮의 햇볕이 꽤 뜨거워졌다. 윤정은 잠시 눈치를 살피더니 가방에서 주섬주섬 뭔가를 꺼냈다. 그리고 김만정에게 슬쩍 내밀었다. 두 사람의 눈이 마주쳤다.

"아니, 저기, 이거…… 숙소에서 시간 날 때 들어보라고……."

네모난 플라스틱 케이스를 받아서 뒤집었다. 가수 이문세의 CD였다. 이문세? 조랑말처럼 얼굴이 긴 그 옛날 가수? 플라스틱 CD 케이스 한구석엔 '이문세 1988년 5집 앨범, 그 음질 그대로 발매'라고 자랑스럽게 쓰여 있었다.

"아니, 그냥 내가 좋아하는 앨범인데……."

괜히 도시락통 뚜껑을 열었다 닫으면서 윤정이 중얼거렸다. 고개를 숙인 윤정에게서 파릇한 과일 향이 났다.

흠, 잠시 생각에 잠긴 듯하던 김만정은 이내 CD를 가방에 아무렇게나 던져 넣었다. 윤정은 뭔가 아쉬운 표정으로 CD를 바라봤다.

무진 드래곤스에 사건이 생겼다. 날씨가 본격적으로

더워지던 6월 초, 1군 주전 포수 이진영이 홈으로 돌진하던 주자와 부딪혀 갈비뼈에 금이 갔다. 재활만 최소한 삼 개월은 걸릴 거라는 소문이 들려왔다.

"혹시 기회가 올지도 모르겠네."

윤정이 포도를 통째로 간 주스라며 보라색 액체가 든 컵을 내밀고 말했다.

"설마, 올라간다면 우선 어린놈이 가겠지. 팀도 다 생각이 있는데."

"그래도 지금 팀이 순위 싸움이 한창이잖아. 경험 많은 선수가 필요할지도……."

"에이, 괜한 기대야. 그래 봤자 실망만 커. 난 그냥 내할 일만 하고 있으면 돼. 쓸데없는 소리 하지 마."

김만정은 보라색 컵을 만지작거리면서 퉁명스럽게 내뱉었다.

"그래도……."

윤정은 아쉽다는 듯 고개를 숙였다.

하지만 사실 김만정도 살짝 기대하고 있었다. 최근 송구도 빨라졌고, 방망이에도 자신이 붙었다. 프로 데뷔 이후 가장 좋은 페이스라고 스스로 느끼고 있었다.

선발로도 종종 출전하고 있다. 비록 2군 경기지만 선발 마스크를 쓰는 게 몇 년 만인지 모르겠다. 어린 유망주를 실력으로 밀어냈다는 자신감도 생겼다. 두 경기 연속 홈런을 치기도 했다. 프로 데뷔 후 처음 있는 일이었다. 한마디로 최근 자신은 베스트다.

경기를 마친 뒤 감독실로 호출을 받았다.

"김만정, 너 혹시 1군 가는 거 아니냐?"

고 반장이 몸을 배배 꼬면서 말했다. 겉으론 실실거리고 있지만 분명 속으로는 부러워 미칠 거다. 고 반장만큼 1군의 달콤함을 잊지 못하는 녀석도 없을 테니.

감독실 문을 두드렸다. 목이 자라처럼 굽은 장 감독이 회색 소파에 앉아 있었다. 김만정을 보고 눈으로 슬쩍 맞은편 자리를 가리켰다. 감독과 독대하는 것도 얼마 만인지 모르겠다. 장 감독은 서류를 뒤적거리며 딴청을 부리고 있었다. 창문 넘어 들어온 햇살이 테이블을 뜨겁게 달궜다.

"준비됐나?"

장 감독이 슬쩍 눈을 들더니 퉁명스럽게 물었다. 준비라면…… 감독의 눈을 쳐다봤다. 심장이 뛰기 시작했다.

"너 올라가서 내 욕 먹이면 안 된다. 알았나?"

장 감독은 장난스럽게 눈을 크게 뜨면서 사람 좋은 웃음을 지었다. 그리고 김만정의 어깨를 톡톡 두드려줬다.

아직 6월인데 벌써 1군 콜업인가. 실감이 나지 않았다.

손에 땀이 번졌다.

감독실을 나와서 그라운드를 쳐다봤다. 햇살이 꽤 뜨거웠다. 성큼 여름이 다가오는 게 느껴졌다.

프로 데뷔 후 이렇게 빨리 1군에 올라가는 건 처음이다. 믿기지 않았다. 그동안 1군에 올라갔을 때는 이미 시즌 순위가 정해진 가을 무렵이었다.

문득 윤정이 생각났다. 윤정에게 전화를 걸었다. 직접 전화를 하는 건 처음이었다. 항상 윤정이 먼저 메시지를 보내왔고 김만정은 거기에 짧게 답을 보내는 게 전부였다.

윤정은 일하는 중인지 전화를 받지 않았다. 대신 통화 연결음이 들렸다.

붉게 물든 노을 바라보면 슬픈 그대 얼굴 생각이 나
고개 숙이네 눈물 흘러 아무 말 할 수가 없지만
난 너를 사랑하네 이 세상은 너뿐이야
소리쳐 부르지만 저 대답 없는 노을만 붉게 타는데

김만정은 조용히 통화 종료 버튼을 눌렀다.

왜 윤정이 생각났을까. 윤정에 대한 마음은 아직 모르겠다. 분명 사랑은 아닐 것이다. 하지만 윤정을 생각하면 마음이 편해졌다. 얼굴을 떠올리기만 해도 어릴 적 살던 동네를 걷는 기분이다.

"선배님, 준비되셨습니까?"

덩치가 커다란 2군 매니저가 오늘따라 더 싹싹하게 말을 걸었다. 김만정은 고개를 끄덕였다. 이제 짐을 꾸려 이동할 시간이다.

홈구장인 무진 야구장에 정말 오랜만에 올라왔다. 작년엔 확장 엔트리 때도 자리를 차지하지 못했다.

더그아웃에 프런트 직원들과 기자들이 모여 있었다. 얼굴이 낯익은 사람들도 몇 있었다. 하지만 대체로 처음 보는 낯선 얼굴이었다. 눈이 마주친 사람들에게 가볍게 인사를 건넸다.

파란색 훈련복을 입고 그라운드로 나섰다. 푸릇한 잔디의 느낌이 새로웠다. 2군의 그것과는 달라 보였다. 여기선 잔디도 전문 인력이 관리한다는 말을 들었다.

스피커에선 최신 음악이 흘러나오고 있었다. 힘을 내서 훈련하라는 의미다. 선수들도 음악에 맞춰서 훈련하면 더 힘이 난다고 했다.

멀리 1군 감독인 곰 감독이 보였다. 덩치가 산처럼 커서 곰 감독이라고 불리지만 선수들 사이에선 덩치에 비해 물러 터진 사람이라는 평가를 받고 있다.

김만정이 꾸벅 인사를 건네자 곰 감독은 살짝 고개만 숙였다. 아직 곰 감독과 제대로 대화를 나눠본 기억이 없다.

타격 훈련을 위해 배팅 게이지에 섰다. 전광판 시계가 2시를 가리켰다. 경기 시작이 6시 30분이니까 아직 이른 시간이다. 이 시간에 타격 연습을 한다는 것은 그날 선발조라는 의미다.

"김만정, 오늘 처음부터 준비되나?"

야구장에 도착해서 수석코치에게 들은 말이다. 처음이라면…… 선발 출전을 뜻한다. 프로 데뷔 후 처음이다. 요즘 들어 프로 데뷔 후 처음 겪는 일이 자주 일어난다. 하지만 의외로 기분은 담담했다.

클럽하우스 칠판에 누군가 오늘의 라인업을 휘갈겼다. 그중 한 줄이 눈에 띄었다.

8번 김만정 C.

오랜만에 많은 사람이 지켜보는 앞에서 배트를 돌리다 보니 몸에 힘이 들어갔다. 호흡도 가빠졌다. 더그아웃 한편에 서서 하얀색 포카리스웨트를 벌컥벌컥 마셨다. 2군과 달리 여기선 눈치 안 보고 실컷 마셔도 된다. 냉장고 안이 가득하다.

그때 멀리 이 과장이 보였다. 선수들 사이에서 혼자 캐주얼한 복장을 하고 있어 한눈에 들어왔다. 언젠가 마케팅 담당이라며 인사를 주고받았던 기억이 났다.

"저기요."

이 과장이 돌아봤다.

"저, 오늘 등장 음악 부탁드려도 될까요? 「붉은 노을」이
라고."

"「붉은 노을」? 너 빅뱅 팬이야? 아니면 애인이?"

이 과장이 짓궂은 표정을 지으며 새끼손가락을 흔들었
다. 김만정은 크게 고개를 저었다.

"아니요. 빅뱅 말고요. 이문세 것으로요. 오래된 버전
있잖아요. 예전에 나왔던."

"이문세? 니가 이문세를 알아?" 이 과장이 고개를 갸웃
했다.

"그렇게 오래된 거면 찾아봐야 할 것 같은데⋯⋯."

"꼭, 꼭이에요. 이문세여야 돼요. 꼭이요." 눈썹에 저절
로 힘이 들어갔다.

"노력해볼게. 김만정 선수의 선발 데뷔전인데, 당연히
해줘야지."

이 과장이 김만정의 어깨를 다독이며 고개를 끄덕였다.

돌아서는 이 과장에게 김만정이 한 번 더 외쳤다.

"이문세요. '꼭'이에요!"

대기 타석에 섰다. 관중들의 함성과 앰프에서 나오는 음악 소리가 심장을 뛰게 했다. 하지만 그럴수록 더욱 감각에 집중했다. 앞선 이닝 수비에선 도루도 하나 잡아냈다.

"8번 타자, 캐처 김만정."

그라운드에 낭랑한 장내 아나운서의 목소리가 울렸다. 전광판에 새겨진 '8번 김만정'이라는 글자에도 노랗게 불이 켜졌다.

천천히 타석으로 걸어갔다. 갑자기 윤정이 생각났다.

윤정은 미용실에서 보고 있을까. 글쎄. 목소리 큰 주인 언니 눈치를 보느라 못 보겠지. 누가 큰 소리만 내도 거북이처럼 목이 움츠러드는 아이니까.

나중에 따로 말해줘야겠다. 1군 잔디가 얼마나 푸릇했는지. 관중들의 함성이 얼마나 컸는지. 도루를 잡을 때 어떻게 송구를 했는지. 상대 선발 김성민의 직구가 얼마나 대단했는지.

윤정은 눈을 반짝거리면서 들을 것이다. 원래 야구 얘기라면 봄날의 고양이처럼 털을 곤두세우는 녀석이니까.

그래도 이 음악은 꼭 들어줬으면 좋겠는데.

스피커에서 음악이 흘러나왔다.

난 너를 사랑하네 이 세상은 너뿐이야
소리쳐 부르지만 저 대답 없는 노을만 붉게 타는데

김만정은 조용히 타석에 서서 상대 투수를 노려봤다.
초구는 직구일 것이다.
김만정은 힘껏 스윙했다.

#3 검은 점 치어리더

　그러니까 그날도 새벽에 눈을 떠버렸다.

　어두운 방 한구석에서 똑딱똑딱 소리를 내는 시곗바늘을 봤다. 2시 25분.

　또…… 오늘도 숙면에 실패했다. 잠이 든 시간이 12시 조금 전이었으니까…….

　짜증이 밀려오면서 이불을 걷어찼다. 요즘 새벽에 갑자기 깨는 일이 잦다. 그리고 동틀 때까지 잠이 오지 않는다. 아무리 잠을 이어가려고 노력해도 생각에 생각이 꼬리를 문다. 잠에서 깨는 시간도 점점 빨라진다. 어제는 새벽 3시 조금 넘어 깼다.

　젠장, 짜증을 내면서 오른쪽 머리맡을 더듬었다. 그리

고 핸드폰을 열어 습관처럼 인스타그램에 접속했다.

그새 DM이 몇 개 와 있었다. 혹시나 싶어 확인했다. 쳇, 역시 변태 같은 놈들의 메시지뿐이다. 야구장에 전세를 낸 것처럼 만날 출근하는 오덕들. 특히 최근 불싸다구와 물싸다구 콤비가 치근덕거린다. 내가 그렇게 만만해 보이나 싶어 화가 났다. 그런 놈들과 상대할 레벨이 아니다. 내가 한때는 말이야…….

팔로워 수가 약간 늘어난 게 마음에 들었다. 두 시간 조금 넘는 시간 동안 16명이 늘었다. 괜찮은 성과다. 곧 네 자릿수 팔로워를 기록할 것 같다.

타임라인을 넘겨봤다. 갑자기 짜증이 밀려왔다. 이년은 잠도 안 자나. 미친.

영어로 'Simbly'라는 닉네임을 쓰는 년. 그 속에 감춰진 가증스러운 표정으로 활짝 웃고 있는 가식적인 사진들. 올해 치어리딩 팀에 합류한 막내다. 할 일도 없는지 인스타에 줄기차게 사진을 올려댄다. 갖은 표정을 지어가면서 자신의 일상을 올리더니 최근엔 연습하는 사진도 올려대고 있다. 연습실 사진을 올려도 되나, 그런 생각이 들었다. 내일 연습실에 가면 따져봐야겠다.

사진 아래 멘트를 보고 속이 울렁거렸다.

'팬 여러분의 요청으로 연습하는 사진 올려봐용~ 마음

이 쿵쿵 고마워용~:) ♥'

뭐야, 미친. 순간 입에서 욕이 나왔다. 심블리라는 뻔 뻔한 닉네임을 대문에 건 것도 역겨운데 이런 가식적인 글이라니. 더군다나 팬? 너 따위에게 팬이 있을 리가.

하지만 그 아래 잔뜩 달린 댓글이 나를 더 우울하게 만들었다. 다들 여우에 홀린 듯 하트를 누르고 난리였다. 한심한 인생들.

하, 마음에 먹구름이 몰려왔다.

나도 알고 있다. 인스타에선 저런 어린것에게 밀린다는 걸. 젊은것들을 당해낼 수 없는 거겠지. 아니, 인스타에서만 밀리는 게 맞을까…….

고개를 세차게 저었다. 스스로 비관할 필요는 없다.

결국, 그날도 밤을 꼬박 새웠다. 아무리 잠들려 노력해도 손은 어느새 핸드폰을 켜고 팔로워를 체크하고 있었다. 갑자기 삶이 무너진 기분이다.

내가 이 팀의 에이스다. 드래곤스 치어리더 센터는 나다.

노연정은 항상 자부심을 가지고 있었다. 벌써 10년이 넘었다. 그동안 치어리딩에만 집중했다.

원래 야구를 좋아했다. 아니, 야구 그 자체보다는 야구장의 분위기에 반했다고 하는 게 맞을까.

중학생 때 옆집 오빠를 따라서 야구장에 간 것이 시작이었다.

야, 노연정, 야구장 한번 안 가볼래?

야구? 아저씨들이나 보는 그 지루한 스포츠?

하지만 야구장에 들어서는 순간 눈에 불이 켜졌다. 탁 트인 녹색 그라운드, 관중들의 함성, 그리고 앰프에서 쉼 없이 흘러나오는 최신 음악.

응원단상 위에 올라 춤을 추는 치어리더들이 빛났다. 선수 응원가는 물론 어떤 음악에도 몸을 움직일 줄 아는 댄서들이었다. 완전히 반했다.

이후 야구장 죽순이가 됐다. 친구들도 여럿 꾀어 데려갔다. 친구들이 핸섬한 야구 선수들을 향해 눈을 빛낼 때 노연정의 시선은 항상 치어리더들에게 가닿았다.

세상에서 가장 도도한 눈빛으로 춤을 추는 언니들, 음악에 맞춰 황홀하게 움직이는 보디라인, 음악이 끝난 뒤 관객들에게 보내는 당당한 미소, 그리고 수천 관중들의 뜨거운 갈채.

특히 가운데에서 긴 머리를 흔들며 춤추는 언니에게 완전히 마음을 빼앗겨버렸다. 센터에 있는 언니는 친절하기까지 했다.

애, 너 무대에 한번 올라볼래?

그렇게 해서 한번은 센터 언니의 손을 잡고 같이 무대에 오른 적도 있다. 선수 응원가 동작은 이미 전부 익히고 있었다. 야구장에서도 노연정의 지정석은 응원단상 바로 앞이었다. 긴장됐지만 그 이상 흥분됐다. 언니들을 따라 춤을 췄다. 응원단상 위에서 관중들의 얼굴을 내려다봤다. 그 표정을 보니 더 짜릿했다. 노연정의 치어리딩 데뷔 무대였다.

어머, 너 꽤 잘한다. 나중에 무대에 같이 서볼래?

센터에 있던 언니가 머리를 쓰다듬어줬을 때는 어깨에 힘이 들어갔다.

그냥 언니라고 해, 애. 호호.

이름에 '윤'이 들어가 모두 윤 언니라고 불렀다. 언니, 단어를 입에 무니 달콤한 향기가 퍼졌다. 이후 윤 언니는 노연정을 만나면 아는 척을 했고 팬들에게 받은 먹거리도 손에 쥐여줬다.

나 말이야, 저기 센터에 서고 말 거야.

같이 야구장에 온 친구들에게 말하곤 했다. 덕분에 노연정이 치어리더가 된다고 했을 때 아무도 놀라지 않았다. 당연히 일어날 운명 같은 일이라고 생각했다.

고등학교 3학년 때부터 시작했다. 어차피 공부에는 취미가 없었다. 알아서 하겠지, 하고 부모님도 그냥 내버려 두셨다. 자유라면 자유고, 방임이라면 방임이었다.

우린 네 옆에서 거들 뿐이야. 원래 왼손은 거드는 거거든.

아빠는 술에 취하면 손으로 슛을 쏘는 포즈를 하면서 말했다. 〈슬램덩크〉라는 만화에 나오는 명대사랬다. 아빠는 운동 신경은 꽝이면서 스포츠 중계만은 빼놓지 않고 봤다. 거실 TV는 항상 스포츠 중계에 채널이 맞춰져 있었다. 아빠의 영향으로 스포츠와 가까워진 건지도 모르겠다.

특히 코 오른쪽 위에 있는 커다란 점은 노연정만의 시그니처였다. 처음 노연정에게 '치어리더 고소영'이라는 별명이 붙은 것도 그 덕분이었다.

어렸을 때는 콤플렉스였다.

얼레리꼴레리, 코에 파리 붙었대요.

동네 멍청이 같은 애들이 놀리면 분해서 울었다.

하지만 지금은 노연정의 트레이드마크다. 덕분에 배우 고소영의 팬이 됐다. 고소영의 도도한 표정을 따라 하고 연습했다. 침대맡에 고소영 사진을 붙여놓고 이미지 트레이닝을 했다. 거울을 보면 정말 자신이 고소영과 비슷한 부분이 꽤 많다는 생각이 들었다.

　그날 이후 시간은 꿈처럼 흘러 노연정의 나이도 서른이 됐다. 10년 하고도 1년을 더 했다. 그동안 강산이 한 번 바뀌었고, 다시 바뀌려고 준비 중이다.

　지금까지 노연정은 자신의 직업에 대해서 한 번도 의심한 적이 없었다. 같이 야구장에 다니던 친구들이 하나둘씩 시집을 갈 때도 흔들리지 않았다. 아직 이 일을 더하고 싶다. 은퇴 시기는 내가 정한다.

　그런데 올해, 일이 생겨버렸다.

　"안녕하세요, 신입 치어리더 심연정입니다. 잘 부탁드려용~"

　그년은 처음 볼 때부터 밥맛이었다. 인사를 하면서 말꼬리를 늘일 때부터 알아봤다. 남자들에게 꼬리를 흔드는 여우 타입이다.

　"심연정? 그럼 여기 노 여사하고 이름이 같네. 늙은 연정, 젊은 연정."

　응원단장을 맡고 있는 오민준이 얄밉게 지껄였다. 촌스럽게 볶은 머리를 흔들며 실실거리고 있다. 노연정은 오민준을 째려봤다. 요즘 여사라는 호칭에 재미가 들렸다. 지는 애 딸린 유부남 주제에.

"야, 이것 봐. 또 레이저 쏜다. 노처녀 히스테리 무서워 잉~"

곱슬머리를 털면서 몸을 흔드는 시늉을 한다. 저 인간은 오버가 특기다.

응원단장과는 응원단에 들어오면서 알게 됐다. 그러니까 10년이 넘은 사이다. 오민준도 원래 춤을 추던 댄서다. 야구장 마스코트부터 시작해 응원단장까지 올라온 입지전적인 인물이다. 몇 년 전 사고를 쳐서 일찍 결혼했다. 현재 두 아이를 둔 가장이다. 한때는 그래도 봐줄 만한 스타일이었지만, 지금은 말도 안 되는 농을 건네는 아저씨 타입이 됐다. 기본적으로 여자에 대한 섬세함이 없다.

심연정이 입을 가리고 웃었다. 뭐야, 저 가식은. 가슴라인이 돋보이는 니트 티셔츠가 눈에 거슬렸다. 바스트에 자신 있다는 말인지. 더욱 마음에 들지 않았다. 바스트는 노연정의 콤플렉스 중 하나였다.

"야, 쭈니. 너 자꾸 노처녀, 노처녀 할래? 콱. 니가 우리한테 보태준 거 있나?"

윤 언니가 편을 들어줬다. 그래도 내 편 들어주는 사람은 저 언니밖에 없다니까. 윤 언니도 아직 솔로다. 덕분에 '저 언니도 있는데, 뭘.' 하면서 위안을 얻는다.

오민준은 과장된 시늉을 하면서 도망갔다. 새로운 얼

굴이 나타나서 신이 난 것 같았다. 심연정은 옆에서 계속 입을 가리고 웃었다. 쳇, 저절로 인상이 써졌다.

하지만 오민준만이 아니었다. 사무실에서 일하는 남자 직원들 모두 연습실을 기웃거리고 있었다.

"팀장이 직접 알려주라고. 아직 어리잖아. 우리 치어리더팀도 리빌딩해야지, 안 그래?"

노연정이 일하는 이벤트 대행사 '재미나게'의 마일영 사장까지 화색이다. 그래요, 나이 많아서 미안하네요. 괜히 발끈했다. 리빌딩이라는 단어가 귀에 거슬렸다. 자기도 노총각인 주제에.

마 사장은 노연정 따윈 안중에도 없다는 듯 이까지 드러내면서 웃었다. 저 인간이 저렇게 해맑게 웃는 모습은 처음 보는 것 같다.

심연정은 여전히 입을 가리고 웃고 있었다. 두고 보자, 실컷 괴롭혀주마. 노연정은 주먹을 꼭 쥐었다.

'드디어 드래곤스 리빌딩 성공?'

며칠 후 야구팬들이 모여 있는 '크보파크'에 올라온 글을 보고 노연정은 크게 한숨을 쉬었다. 망할. 어떻게 알았는지 새로 온 심연정이 화제에 올랐다.

글의 본문에는 심연정의 사진이 잔뜩 있었다. 그리고

사진 밑에 '드디어 우리 드래곤스 치어리더도 리빌딩에 들어갔네요. 이게 얼마 만인지 ㅠㅠ'라고 쓰여 있었다. 사진 출처는 '심연정 인스타'라고 적혀 있었다. 그 글은 그날의 최다 추천 글에 올랐고 댓글에는 신이 난 사내들의 축하 글이 쭉 이어졌다.

쯧쯧, 한숨이 나왔다. 사내놈들은 항상 어린애들을 밝힌다. 영계라며 침을 흘린다. 더군다나 리빌딩 성공? 그럼 10년 동안 있었던 나는 리빌딩 대상이냐? 이놈들은 선수나 치어리더나 리빌딩이라면 좋아한다. 네놈들도 나이 먹었다고 회사에서 잘리면 기분 좋겠냐?

물론 일반 사회생활에서라면 노연정의 나이가 그렇게 많은 건 아니다. 요즘 취업도 결혼도 늦어지는 추세니까. 선수들도 서른 줄을 넘어서 잠재력이 터지는 경우가 흔해지고 있다.

하지만 노연정이 몸담은 치어리더 세계는 조금 다르다. 서른이라는 나이는 이미 치어리더 중에서도 최연장자에 속한다. 아직 은퇴할 생각은 없지만, 슬슬 인생의 다음 스텝을 준비할 때가 된 기분이다.

포털사이트에 접속하니 실시간 검색어 순위에 심연정의 이름이 올라와 있었다. 요즘은 야구 치어리더도 가끔 검색어 순위에 오른다. 하지만 노연정이 순위에 오른 기억은 거의 없었다. 몇 년 전 변태 같은 사진기자가 노연정의 사진을 시리즈로 올렸을 때가 마지막이었다. 아래에서 찍은 노골적인 사진들.

심연정 이름을 클릭했다. 가장 위에 심연정 인스타그램의 링크가 떴다. 요즘은 이년도 저년도 전부 인스타를 한다.

클릭하니 심연정 인스타에 접속됐다. 팔로워 수가 1천 명이 넘어 있었다. 아직 제대로 활동도 안 한 것이.

인스타 대문에는 'Simbly, 심블리의 집에 놀러 오신 팬 여러분 환영합니다~♥'라고 쓰여 있었다. 그 아래에 잔뜩 내숭을 떨면서 찍은 사진이 가득했다. 비키니를 입고 찍은 사진 아래에는 '좋아요' 하트가 쌓여 있었다. 하여간 남자들이란. 쯧쯧, 노연정은 혀를 찼다.

나도 인스타를 시작해볼까. 동시에 이런 생각도 들었다. 원래 일상을 올린다는 게 마음에 들지 않아서 시작하지 않았다. '연정 씨는 인스타 안 하세요?' 은근히 물어보는 팬들도 많았다.

해볼까, 나도. 시작만 하면 이런 것들쯤이야…….

우선 인스타 계정을 만드는 법부터 알아봐야겠다. 누구한테 물어본담. 노연정은 머리를 굴렸다.

결국 초등학교에 다니는 조카 별이에게 부탁해 인스타

계정을 만들었다. 별이는 어느새 계정을 뚝딱 만들곤 프로필 사진까지 골라줬다.

"이모, 이 사진이 제일 낫지?"

노연정의 취향까지 빠삭하다. 응원단상에서 두 팔을 벌린 포즈다. 뒤에서 조명이 비치는 역광 사진이었다.

하지만 인스타 계정을 만들고 나서 더 우울해졌다. 팔로워가 확 늘 거라 기대했는데 막상 시작하니 늘어나는 속도가 노장 투수의 아리랑 볼 수준이다.

슬쩍 보니 크보파크에서도 전혀 언급이 없다. 우울했다. 그럴수록 심연정 인스타와 비교가 됐다. '치어리더 고소영'이라면서 따라다니던 사람들은 다 어디 갔을까. 하긴 그 인간들은 벌써 애 딸린 아저씨가 됐겠지.

초연하려 했지만, 손은 저절로 핸드폰으로 향했다. 인스타에 접속하는 일이 잦아졌고, 노연정의 잠도 짧아졌다.

연습실에 도착하니 비로소 잠이 쏟아졌다. 대충 가방을 팽개치고 그 위에 엎드렸다. 잠시 벽에 걸린 액자를 쳐다봤다. 드래곤스가 우승했을 때 응원단이 다 같이 찍은 사진이었다. 다들 카메라를 향해 손을 들고 환호를 보내고 있었다. 까마득한 옛날이다. 20년이 다 된 일이다. 한 구석엔 어린 시절의 윤 언니도 보였다. 그 모습을 바라보다 까무룩 잠이 들었다.

선잠을 자면서 꿈을 꿨다. 처음 드래곤스에서 치어리 딩을 시작했을 때의 노연정이 나왔다. 그리고 시점이 노 연정의 시점으로 바뀌었다. 무대 위에서 손을 쭉 펼치자 관객들의 시선이 노연정에게 향했다. 짜릿했다. 음악이 흘러나왔다. 그 당시 유행했던 응원가에 맞춰서 댄스를 시작했다. *You don't know me, You don't know me, So shut off boy~* 멀리 하늘을 쳐다봤다. 하늘을 나는 기분 이었다.

"캡틴, 좋은 꿈이라도 꿨어?"

윤 언니의 목소리에 잠을 깼다. 음냐, 하고 입맛을 다셨 다. 달콤한 잠에서 깨어나 멍했다. 멀리 다른 치어리더들 도 스트레칭을 하고 있었다. 이미 모인 지 꽤 지난 것 같 았다. 연습실 거울로 얼굴을 봤다. 침이라도 흘렸으면 웬 망신이람.

치어리더 사이에 심연정이 보였다. 이쪽을 보고 슬쩍 비웃는 것 같았다. 저것이. 괜히 기분이 안 좋았다.

"캡틴, 피곤하지? 얼른 옷 갈아입고 시작하자."

윤 언니가 어깨를 토닥여줬다. 노연정은 크게 기지개 를 켜고 하품을 했다. 그리고 가방에서 연습복을 꺼냈다. 최근 연습복 색깔도 화려한 색으로 바뀠다.

윤 언니는 항상 노연정을 캡틴이라고 불렀다. 캡틴, 응원단의 리더. 선수단의 리더와 같은 이름. 그 소리를 들으면 어깨에 힘이 들어갔다.

그날은 팀 응원가 전체 동작을 쭉 리뷰해보는 시간이었다. 심연정같이 새로 온 치어리더는 그동안 익힌 동작을 평가받는 시간이기도 했다.

"자, 우선 「드래곤스 하나 되어」, 이 노래부터 시작해보자. 작은 연정인 부담 갖지 말고."

윤 언니가 연습실 벽의 거울을 통해서 심연정에게 사인을 보냈다. 쳇, 저것한테 너무 친절한 거 아니야. 작은 연정이라는 호칭도 마음에 안 들었다. 쟤가 작은 연정이면, 난 큰 연정인지. 키는 심연정이 더 큰데 말이야. 괜히 심술이 났다.

하지만 심연정은 제법 그럴듯하게 동작을 따라 했다.

"와, 작은 연정이 꽤 잘 따라 하네. 원래 야구장 좀 다녔다고 했나?"

윤 언니가 손뼉을 치면서 호들갑을 떨었다.

"어쩌다 한 번이요."

심연정이 여우 같은 미소를 지으며 말했다.

"대신 춤은 좀 췄어요. 학교에서도 전공 수업보다는 댄스 동아리에서 춤추는 게 더 재밌어서요."

은근히 춤부심을 내비쳤다. 심연정은 지역 대학교 모델학과에 재학 중이라고 했다. 그래서 몸매가 쭉쭉빵빵이시구먼. 경력까지 마음에 안 들었다.

"그럼 잘하겠네. 선수 응원가는 동작이 아주 심플하거든. 우선 선배들이 하는 거 잘 봐봐. 캡틴, 부탁해."

윤 언니가 노연정을 보고 눈을 찡긋했다. 노연정은 도도하게 고개를 들고 나갔다. 잘 봐라, 햇병아리야.

고개를 치켜들고 응원가에 맞춰 안무를 했다. 가볍게 호흡이 거칠어졌다. 햇병아리의 표정을 봤다. 그쯤이야, 하는 표정처럼 보였다. 저것이.

"보기엔 쉬워 보여도 제대로 하려면 어려워. 알아? 라인이 중요하다고."

햇병아리에게 쏘아붙였다. 입술을 깨무는 게 보였다. 좀 더 피치를 올렸다.

"그리고 말이야, 우리도 기수가 중요해. 선배를 만나면 꼬박꼬박 인사부터 해. 알았어?"

최대한 감정을 숨기고 말하려 했다. 하지만 평소보다 목소리가 한 옥타브 올라갔다. 햇병아리가 인상을 쓰는 게 보였다.

"자자, 여기 언니가 많이 알려줄 테니까. 작은 연정이도 천천히 따라서 하면 돼. 알겠지? 그럼 다음 동작~"

분위기가 심상치 않다는 느낌이 들었는지 윤 언니가 중재에 나섰다. 언제나 평화주의자는 저 언니다.

"그럼 선배들이 시범을 보일 테니까 우선 어떻게 하는지 봐봐. 부탁해, 캡틴~"

윤 언니가 과장되게 웃으면서 말했다. 그러고는 눈을 찡긋하면서 노연정에게 진정하라는 신호를 보냈다.

음악이 나오고 한 곡씩 동작을 이어갔다. 잘 봐라, 햇병아리야. 거울을 통해 새로 온 어린것을 쏘아봤다.

하지만 그날 연습을 마친 뒤에도 화제의 중심은 여전히 햇병아리였다.

평소 연습엔 관심도 없던 남자들이 어슬렁어슬렁 연습실을 기웃거렸다. 특히 응원단장 오민준이 온 게 눈에 거슬렸다. 음악 작업한다면서 바쁘다고 빼기던 녀석이 말이야. 노연정의 항의에 오민준은 "에이, 그래도 응원단장인데 한 번씩 와야지. 안 그래, 심블리?" 하면서 심연정에게 윙크를 했다. 심연정은 입을 가리고 웃었다.

곧 남자들이 심연정 주변을 둘러싸더니 이런저런 것들을 물어보기 시작했다. "근데 넌 어쩌다 응원단에 들어온 거야?"라는 물음엔 "그냥 춤이 좋아서요."라고 말하며 웃었다. 아, 저 여우 같은 미소. 콧소리가 들어간 목소리도 거슬렸다. 일부러 비음을 잔뜩 섞은 거 아니야. 하지만 남자들은 좋다는 듯 헤헤거리고 있었다. 완전 백설 공주와 일곱 난쟁이들이시구먼.

급기야 "근데 너 남자 친구는 있고?"라는 질문까지 나왔다. 잠시 뜻 모를 긴장감이 흘러서 기가 막혔다. 뭔데, 이 분위기. 마침내 심연정이 고개를 절레절레 흔들자 갤러리들 사이에선 와, 하고 웃음이 터졌다. "눈이 너무 높은 거 아니야?"라면서 실실거렸다. 멍청한 놈들. 아무리 좋아해 봐야 너희한텐 어림도 없다.

자연스럽게 "그럼 이상형은 누군데?"라는 질문으로 이어졌다. 심연정은 잠시 망설이는 척하더니 "난 재밌는 남자가 좋아요."라면서 웃었다. 일부러 망설이는 포즈를 한다는 게 눈에 보였다. 오민준이 "그럼 딱 나네!"라며 오버하자 "그럼요, 오빠도 될 수 있죠."라며 눈웃음을 쳤다. 심연정의 미소에 오민준은 입이 귀에 걸렸다. 어이가 없었다. 저런 식으로 여기저기 추파를 던지니 남자들이 헛된 기대를 품지.

이야기는 자연스럽게 인스타로 넘어갔다. "연정이도 인스타 하지? 아이디가 뭐야?" 오민준이 자신의 핸드폰을 들이대며 물었다. 바로 검색에 들어가겠다는 자세였다. "잠시만요." 둘은 같이 핸드폰을 쳐다봤다.

"어, 벌써 나 팔로우하고 있네?" 갑자기 오민준의 목소리가 한 옥타브 올라갔다. "응원단장님이시잖아요." 심연정이 웃음을 머금고 오른손으로 오민준의 왼팔을 툭 치며 말했다. 오민준의 입이 커다랗게 벌어졌다. 좋아 죽겠다는 듯 껄껄거리면서 웃고 있었다. 도저히 못 봐주겠네. 노연정은 갤러리들을 향해 "그만 좀 나가줄래요? 여기 정리해야 해요." 하고 말했다. 하지만 "에이, 정리는 우리가 할게."라는 대답이 돌아왔다. 부글부글 화가 끓었다.

윤 언니가 옆에 다가와 손을 꼭 잡아줬다. 마침 잘됐다. 연습실 사진을 인스타에 올린 것에 대해서 지침을 마련해달라 말해야겠다고 생각했다. "언니, 언니, 있잖아." 하면서 말을 꺼내봤지만, 괜히 자신만 옹졸해지는 기분이었다. 멀리서 남자들에게 둘러싸여 있는 심연정을 노려보기만 했다.

그날 윤 언니와 함께 집으로 가면서 넌지시 심연정에 대한 얘기를 했다. 윤 언니는 내 편이 돼줄 것 같았다.

"언니, 근데 걔 있잖아, 되게 싸가지없는 것 같지 않아?"라고 운을 띄웠다.

"왜, 무슨 일 있었어?"라는 윤 언니의 말에 "아니, 지난번에 문을 쾅 닫고 나가버리잖아. 안에 선배들도 있는데."라고 투덜거렸다.

기대와 달리 윤 언니는 "애도 참……." 하면서 노연정의 어깨를 안아줬다. 언니까지 진짜. 괜히 윤 언니까지 미워져서 팔을 뿌리쳤다.

심연정의 인기는 개막전까지 이어졌다. 인스타 팔로워 수는 점점 더 벌어져서 따라잡기 불가능할 정도였다.

그래도 아직 센터는 나다. 노연정은 응원단상 중심에 서서 관객들을 보며 생각했다. 개막전의 흥분이 고스란히 느껴졌다. 멀리 물싸다구와 불싸다구 콤비가 노연정을 보고 손을 흔들었다. 흥, 하고 가볍게 무시했다. 그들은 최근 인스타로 자기들의 사생활을 보내고 있다. 누가 관심이나 있다고. 둘이 시내에 곱창 가게를 차렸다나, 뭐라나. 안 물어봤거든요! 그렇게 쏘아주고 싶었다.

"……대한 사람 대한으로 길이 보전하세."

아이돌 가수가 애국가를 부른 후 지역 단체장이 느릿느릿 마운드로 올라갔다. 단체장이 마이크를 잡더니 발걸음만큼 말도 느릿하게 인사말을 했다.

"친애하는 우리 무진 시민 여러분, 그리고 무진 드래곤스 팬 여러분……."

마이크가 웅웅 울려서 뭐라 그러는지 알아들을 수 없었다. 단체장은 그대로 한참 떠들고 나서야 간신히 포수를 향해 공을 던졌다. 이로써 올해 야구도 플레이볼.

앰프에서 익숙한 기타 음이 나오기 시작했다. 노연정의 팔에 가벼운 소름이 돋았다. 길게 늘어뜨린 파란색 응원복을 입은 응원단장이 단상 리프트에 올랐다. 리프트 앞에 달린 용머리 장식이 반짝거렸다. 무진 드래곤스 마스코트를 따라서 만든 조형물이었다.

"오늘도 최강 무진 드래곤스의 승리를 위해, 모두 함께 외쳐봅시다. 오늘의 라인업! 1번 타자……."

오민준이 양손으로 응원복을 한번 펄럭이곤 마이크에 대고 소리를 질렀다. 응원할 때는 제법 진지해졌다. 리프트는 서서히 위로 올라갔다.

노연정도 라인업 음악에 맞춰 안무를 시작했다. '1번' 구호에 맞춰서 왼쪽으로 두 번, 타자 이름에 맞춰서 오른쪽으로 두 번, 동작을 하면서 관중들을 쳐다봤다. 관중들의 시선이 센터로 모이는 것 같았다. 노연정이 가장 사랑하는 순간이었다.

"……최강 무진 드래곤스 파이팅!"

응원단장이 높은 곳에서 관중석을 향해 주먹을 흔들며 외쳤다. 멀리 싸다구 콤비가 열광하는 모습이 보였다.

Jesus 무슨 말이 필요해. 모두 널 작품이라고 불러……

타자 등장 곡과 함께 1번 타자가 등장했다.

고개를 돌려 심연정을 흘끔 봤다. 지난겨울 동안 계속 쌀쌀맞게 대했다. 하지만 심연정은 미동도 없었다. 그게 더 약 올랐다. 심연정도 노연정을 보고 인사만 꾸벅 건넬 뿐이었다. 그래, 누가 이기나 해보자.

ENG 카메라가 가까이 다가오길래 미소 모드로 전환했다. 일부러 손을 입에 댔다가 카메라를 향해 키스를 보내 줬다.

이렇게 올해 야구도 시작이구나.

하지만 얼마 후 결국 일이 터졌다. 야구장 주변에 만발하던 벚꽃이 우수수 떨어지고 그 자리를 초록 잎이 대신하기 시작하던 때였다. 이미 햇살은 꽤 강해져서 곧 매미도 울 것 같았다.

"자, 이번에 새로 올라온 선수 응원가 동작이니까 우선 눈으로 봐봐."

윤 언니가 새로운 선수 응원가를 가져왔다. 김만정이라는 2군 선수의 응원가였다. 김만정이라면 노연정도 안면이 있었다. 시즌이 끝날 때 가끔 올라오던 백업 선수, 평소 노연정과 마주쳐도 말 한마디 못 하던 숙맥, 전형적인 조연 캐릭터, 평생 2군에만 있을 줄 알았는데 최근 주전 포수의 빈자리를 꿰찼다. 그리고 결국 응원가까지 만들게 됐다.

"우선, 처음에 오, 김만정, 할 때 양팔을 벌리고……."

윤 언니가 동작으로 소개했다. 응원가 동작은 자신 있다. 심플한 동작이다. 하지만 얼마나 태를 내는지가 중요하다. 몸의 라인이 생명이다.

심연정을 쓱 쳐다봤다. 오늘은 머리를 양 갈래로 따고 왔다. 빨갛게 볼 터치까지 했다. 가증스러운 것. 오늘은 저 사진을 인스타에 올리겠네. 연습실 벽에 걸린 거울을 통해 째려봤다.

"동작 알겠지? 그럼 하나씩 따라 해보자."

윤 언니의 동작을 따라 했다. 하지만 시선은 심연정에게 갔다. 심연정도 흘끔 이쪽을 쳐다봤다. 심연정의 동작이 굼떠 보였다.

요즘 심연정의 행동이 계속 눈에 거슬렸다. 최근 며칠 동안 연습 시간에 아슬아슬하게 도착했다. 신입이라면 최소한 선배들보단 먼저 와야지. 오민준과 시시덕거리는 모습도 마음에 안 들었다. 그날도 연습하기 전에 오민준과 둘이 한참을 노닥거렸다. 오민준이 말도 안 되는 농담을 건네면 심연정은 호호 웃으며 반응했다. 둘이 웃는 소리가 귀에 닿으니 짜증이 났다.

"하나, 둘, 셋, 하고 왼팔부터."

"잠깐, 언니."

노연정이 동작을 멈추고 말했다. 윤 언니가 거울 너머 쳐다봤다.

"얘, 너 무슨 안무를 그렇게 대충 해?"

심연정에게 쏘아붙였다. 스스로 듣기에도 목소리가 차가웠다.

"제가 뭘요?"

심연정이 눈을 동그랗게 뜨고 대꾸했다. 그 모습에 속에서 뜨거운 게 올라왔다.

"이게, 어디서 선배한테 눈을 동그랗게 떠?"

목소리가 갈라졌다. 저도 모르게 심연정을 향해 한 발짝 다가갔다.

"어디서 선배한테 말대꾸야? 그리고 너 요즘 왜 자꾸 늦어? 누군 시간이 남아서 일찍 오는 줄 알아?"

"제가 뭘 어쨌다고 그러세요? 제시간에 왔잖아요?"

심연정도 지지 않고 대답했다.

"이게 정말."

심연정에게 다가가는 걸 윤 언니가 말렸다.

"우리 좀 쉬었다가 하자."

심연정의 눈에 그렁그렁 눈물이 맺혔다.

"저한테 왜 그러세요, 대체."

"아니, 저게 진짜."

우는 모습을 보니 더 화가 났다. 급할 땐 운다 이거지. 팔을 걷고 다가서려는 걸 윤 언니가 막아섰다. 어느새 연습실 문이 빼꼼히 열리고 오민준과 마 사장이 안을 훔쳐보고 있었다.

"캡틴, 일단 물 좀 한잔 마셔. 연정인 잠깐 언니랑 바람 좀 쐬고 오자."

윤 언니가 심연정을 데리고 나갔다. 순간 마 사장과 눈이 마주쳤다. 마 사장은 어깨를 으쓱하더니 연습실 문을 닫았다. 다른 치어리더들도 슬금슬금 자리를 피했다.

연습실에 혼자 남아버렸다. 노연정은 거울을 통해 자신을 쳐다봤다. 세상 끝에 서 있는 기분이었다. 아마 다들 히스테리라고 수군거리겠지. 나이 먹은 여자가 화를 내면 히스테리가 된다. 자신의 신세가 불쌍해서 왈칵 눈물이 나왔다.

결국 이날 연습은 일찍 마치게 됐다. 심연정도 눈이 퉁퉁 부어서 일찍 퇴근했다. 마 사장에게도 한소리 들었다.

"연정아, 너답지 않게 왜 그래. 이제 네 위치도 생각해야지."

"제가 뭘요? 사장님까지 왜 그러세요?"

타이르는 마 사장에게 쏘아붙이고 돌아섰다. 집에 돌아오니 왠지 억울한 기분이 들어서 엉엉 울어버렸다.

부모님 댁은 근처였다. 길만 건너면 바로 앞에 있는 아파트. 하지만 집에 가는 횟수는 손에 꼽을 정도다. 대놓고 시집가라는 소리는 안 하지만 뒤가 켕긴다. 특히 몇 년 전부터 부쩍 동생네와 비교를 한다.

노연정에겐 두 살 터울의 여동생이 있다. 원래부터 남자 좋아하고 놀기 좋아하던 날라리였다. 그러더니 고등학교 졸업 전에 사고를 쳐버렸다. 아르바이트하던 곳에서 만난 남자와 애를 만든 것이다. 방임주의로 일관했던 부모님도 그때만은 뒷목을 잡고 화를 냈다. 결국 동생은 남자와 함께 부모님 댁에 얹혀살게 됐다. 한식구가 된 제부도 이후 고등학교를 졸업하고 바로 조그마한 회사에서 일을 시작했다. 조카는 부모님이 키우게 됐다.

하지만 시간이 훌쩍 흘러 그 애가 벌써 초등학교에 다니고 있다. 노연정에겐 하나뿐인 조카다. 아이가 생기니 집안 분위기도 반전됐다. 조카는 집에서 보물 대우를 받는다. 노연정도 조카만 보면 배시시 웃음이 나온다.

"엄마, 나 왔어."

현관문을 열고 들어가 아무렇게나 소파에 누웠다. 그

래도 부모님 댁에 오면 마음이 편해진다. 아무 데나 널브러질 수 있다. 밥도 때울 수 있고.

"얘는 나이도 있는 년이."

테이블에 걸친 노연정의 발을 툭 치며 엄마가 한마디 했다.

"희정인 어디 갔어?"

엄마가 씻어온 포도를 우물거리며 물었다. 입에서 달콤한 포도 향이 번졌다. 집 앞 과수원에서 사온 모양이었다.

"요즘 요리 배우러 다니잖아. 오늘 저녁도 걔가 차릴 거야."

엄마가 태평하게 말했다.

희정은 어릴 때부터 사고만 치더니 요즘 요리에 취미를 붙인 모양이다. 원래부터 손재주가 있던 애였다.

노연정은 TV 리모컨을 잡고 이리저리 채널을 돌리다 음악 채널에서 멈췄다. 화면에선 아이돌 가수가 노래를 부르고 있었다. 희정이가 손재주가 좋았던 것처럼, 노연정은 어릴 때부터 춤이 좋았다. 춤을 출 때 가장 행복했다. 그래서 치어리더가 됐다. 그 선택을 후회한 적은 없다. 하지만……

TV에서 춤을 추는 아이돌 여가수의 얼굴이 클로즈업 됐다. 얼굴에 잡티 하나 없다. 여자들은 나이를 먹으면 피부에서부터 티가 난다. 최근 내 피부는…… 갑자기 기분이 우울해졌다. 요즘 들어 감정 기복이 심하다.

TV를 보고 있다 보니 조카 별이가 학교를 마치고 왔다.

"이모, 인스타 라이브 나온 거 알아?"

책가방을 던지자마자 아이가 노연정에게 쪼르르 달려왔다.

"알아. 근데 이모는 그런 거 안 해."

"왜? 이모 팔로워 많잖아. 요즘 대세는 라이브야. 라이브 하면 알람도 뜬단 말이야."

팔로워라. 노연정의 팔로워는 최근 1천 명을 넘었다. 하지만 그사이 심연정의 팔로워는 1만 명을 향해 가고 있었다.

"됐어. 지금으로 충분해."

별이의 머리를 쓰다듬었다. 별이는 눈을 동그랗게 뜨고 계속 졸라댔다. 얘도 벌써 열 살이다. 내가 어릴 때 이랬을까. 재잘거리는 조카를 보면서 생각했다.

"애, 너 요즘 남자 친구 생겼다며?" 화제를 바꿨다.

"어머, 이모. 누가 그래?"

별이는 얼굴이 빨개지면서 꺅하고 소리를 질렀다. 그리고 손을 뻗어 노연정의 입을 막았다. 웃음이 번졌다. 요즘 조카와 함께 있을 때 마음이 가장 편하다.

저녁은 일본식 국물 요리였다. 가족들이 식탁에 둘러 앉았다.

"다들 이런 거 드셔는 보셨나 몰라."

희정이 콧소리를 내면서 말했다. 요즘 일식 자격증을 따기 위해 공부하고 있다고 했다. 맛이 담백하고 꽤 괜찮았다. 반주로 맥주도 한 잔씩 곁들였다. 잔에 맥주를 가득 따르고 한 모금 입에 머금었다.

"올해 드래곤스는 가을 야구 좀 하는 거야?"

아빠가 꺼억, 하는 트림 소리를 내면서 물었다.

"얘가 어떻게 알겠어. 춤이나 추는 앤데."

희정이 간족거렸다. 저것은 언니라고 부르는 꼴을 못 봤다.

"넌 언니한테 얘가 뭐니. 나이가 몇인데."

엄마가 편을 들어줬다.

맥주잔이 몇 잔 더 돌았다. 그때 갑자기 엄마가 제부와 눈으로 뭔가 사인을 보냈다. 제부는 헛기침을 하더니 노연정을 쳐다봤다.

"저기, 처형. 주말에 경기 없을 때 우리랑 나들이 같이 안 가실래요?"

나들이? 제부의 눈을 쳐다봤다. 제부의 눈이 당황한 듯 파르르 떨렸다.

"아니, 저기 앞에 새로 공원이 생겼다는데 좋다더라고요."

"그래, 얘. 한번 다녀와라. 요즘 날씨도 좋은데."

엄마가 기다렸다는 듯이 옆에서 거들었다. 순간 촉이 왔다.

"제부, 누구랑 가는 거예요? 다른 사람도 나오죠? 엄마가 시켰어요?"

"아, 저기, 우리 회사 선배 한 명도 같이……."

제부가 허를 찔렸다는 듯 머리를 긁적였다. 원래 거짓말에 약한 타입이다.

엄마를 째려봤다. 지난번 선을 보라는 말에 "내가 아줌마도 아니고 무슨 선이야?"라고 대들었더니 전술을 바꾼 모양이었다.

"뭐야, 엄마!"

"뭐가. 자연스럽게 만나면 좋은 거지, 뭘 그렇게 따지니."

"글쎄, 내 일은 내가 알아서 한다니까!"

목소리가 커졌다. 식탁에 탁 소리를 내면서 숟가락을 내려놨다. 밥맛이 떨어졌다.

"아니, 얘가……."

"몰라. 나 그냥 갈 거야."

인사도 제대로 안 하고 밖으로 나와버렸다. 가족들의

어색해하는 표정이 눈에 밟혔다.

밖에 나와서 머리를 잡아당겼다. 꺄~ 하고 소리도 질렀다. 이런 날 변태 사진기자라도 발견한다면 발로 걸어차버릴 거다.

요즘 대체 왜 이렇게 기분이 왔다 갔다 할까. 잠이 부족해서 그런지. 아니면 정말 히스테리일까.

괜히 앞에 있는 돌멩이를 발로 걸어찼다. 생각보다 돌멩이가 커서 발이 아팠다.

째깍째깍, 시계 소리가 들렸다.

소리가 나지 않는 시계로 진작 바꿔야 했는데. 저놈의 시계 소리 때문에 잠이 안 온다. 아니, 사실 저 시계가 저기 걸려 있은 지 벌써 몇 년이나 됐는데. 시계 초침 소리가 새삼스러웠다.

시계를 봤다. 1시 21분. 잠깐 꾸벅 존 게 다다.

자연스럽게 손이 머리맡으로 갔다. 인스타 라이브라…… 인스타 계정을 눌렀다. 팔로워 1032명. 꾸준히 늘고 있구나. 잠깐 기분이 좋아졌다.

DM도 몇 개 와 있었다. 하지만 대부분 오덕들의 쓸데없는 메시지였다. 물싸다구 녀석의 메시지가 눈에 띄었다. 궁금하지도 않은 자기 일상을 사진과 함께 잔뜩 보내

났다. 어쩌라고?

타임라인을 넘기니 심연정 인스타가 보였다.

'Simbly가 라이브 방송을 시작했습니다'

심연정은 10분 넘는 시간 동안 재잘재잘 떠들어댔다. 팬들과의 소통이랍시고 자신의 일상을 늘어놓는다. 요즘 팬들은 정말 이런 걸 좋아하는 건가.

라이브 버튼이 보였다. 충동적으로 눌러보려다 말았다. 이 야밤에 무슨 주책이람. 더군다나 지금은 민얼굴이다. 민얼굴만은 죽어도 보이기 싫다. 요즘은 동네 마트에 갈 때도 화장을 한다. 아는 사람을 만날까 싶어서다.

결국, 또다시 밤을 새워버렸다. 다른 사람 인스타만 잔뜩 눌러보며 시간을 보냈다.

야구장에 도착하니 비로소 잠이 쏟아졌다. 윤 언니에게 몸이 안 좋다고 둘러대고 대기실 구석에 있는 기다란 소파에 몸을 기댔다. 잠이 솔솔 몰려왔다.

"얘, 너 왜 그래. 어디 아파?"

윤 언니가 옆에 오더니 이마에 손을 올렸다.

"아니야, 그냥 피곤해서 그래."

윤 언니에게도 잠을 못 잔다는 사실을 털어놓지 못했다. 신경과민으로 보일까 봐 겁이 났다.

"그래, 좀 쉬엄쉬엄해. 참, 이거 연희가 보낸 건데 좀 먹어봐."

윤 언니가 조각 케이크 한 조각을 내밀었다. 하얀색 치즈 케이크였다. 연희라면 치어리더 대선배다. 무진 드래곤스 치어리더팀 초창기에 활약했던 오비 멤버다. 지금은 시내에서 케이크 전문점을 하고 있다. 가끔 응원단에 케이크를 보내왔다.

포크로 케이크를 한 입 베어 물었다. 단것을 먹으니 정신이 조금 돌아왔다. 고개를 들어 윤 언니를 바라봤다. 고마운 마음이 들었다. 눈을 마주치니 언니가 싱긋 웃어 줬다. 웃을 때 눈 옆에 주름이 잡히는 게 보였다.

윤 언니도 무진 드래곤스 치어리더팀의 레전드다. 현역 때는 항상 센터에 섰던 춤의 고수다. 그러던 윤 언니도 2년 전 은퇴하고 지금은 치어리더 팀장으로 일하고 있다.

"얘, 나도 이제 몸이 안 따라줘. 팬들 앞에서도 괜히 주눅 들고. 나이 먹었다고 쑥덕대는 것 같고. 요즘 애들은 다들 파릇파릇하잖아."

노연정과 맥주를 마시면서 푸념을 늘어놓더니 윤 언니는 결국 은퇴를 선언했다.

그래도 서른여덟 살까지 현장을 지킨 레전드다. 국내 최장수 치어리더라는 호칭도 달고 있다. 20년 가까이 치어리딩 무대를 지켜온 공력을 높이 사 구단에서는 이례적으로 은퇴식을 열어줬다. 은퇴식 날에는 직접 시구도 했다. 노연정도 응원단상에서 눈물을 펑펑 쏟았다. 언니, 이제 내가 지킬게. 언니에게 남몰래 약속했다.

윤 언니는 노연정이 케이크 먹는 모습을 물끄러미 쳐다보고 있었다. 뭔가 할 말이 있는 것 같았다.

"왜 그래, 언니? 할 말 있으면 해."

"아니, 이거 누가 전해달라고 해서."

윤 언니는 잠시 가방을 뒤적이더니 노란색 박스에 든 비타민을 내밀었다. 팬의 선물인가. 물싸다구가 먼저 생각났다.

"누군데? 물싸다구?"

"아니, 팬이 아니라 방송실에 류 감독이라고 있잖아."

"류 감독?"

갑자기 잠이 달아났다. 방송실 류 감독이라면…… 머리를 빡빡 깎은 내성적인 남자가 생각났다. 회의할 때 본 기억이 났다. 머리통이 동글동글 예쁘군, 어릴 때 순했나 봐, 정도의 인상만 남아 있다. 그 사람이 나한테 왜?

"저기, 사실 류 감독이 나한테 부탁을 했는데……."

윤 언니 말에 의하면 류 감독이 노연정을 따로 만나고 싶다고 했단다. 이미 응원단 내에선 류 감독의 짝사랑이

유명하다고도 했다. 방송실 모니터로 노연정이 보이기만 해도 머리통까지 빨개진다고.

"난 전해달라고 해서 전해주는 것뿐이야. 일단 몸부터 챙겨."

윤 언니는 노연정의 손에 비타민을 쥐여주고 나갔다. 비타민 박스를 열었다. 작은 봉지에 든 비타민이 보였다. 괜히 기분이 이상해졌다.

류 감독은 내 타입은 아니다. 노연정은 고개를 저었다. 위트 있고 자상한 남자가 취향이다. 생긴 것도 노연정의 스타일과는 거리가 있었다. 그래도 살짝 가슴이 두근거렸다. 윤 언니 말로는 꽤 오랫동안 노연정을 짝사랑했다고 한다. 응원단에서 모르는 사람이 없을 정도라니. 괜히 피곤해지겠네.

야구장에서 이런 일이 생기면 어색해진다. 어떻게 처리한담. 노연정은 한숨을 쉬고 비타민 하나를 입에 털어 넣었다. 다행히 노연정이 가장 좋아하는 비타민 제품이었다.

응원단상에 서니 비로소 힘이 났다. 앰프에서 흘러나오는 음악에 맞춰 저절로 몸이 움직였다. 천상 무대 체질이다.

"오늘도 최강 무진 드래곤스 승리를 위해 외쳐봅시다. 오늘의 라인업……."

라인업 음악에 맞춰 몸을 흔들었다. 응원단상 앞자리의 팬들도 모두 자리에서 일어나 동작을 따라 했다.

"······8번 타자 김만정······."

춤을 추면서 앞에 놓인 카메라를 의식했다. 방송실에 날 짝사랑하는 사람이 있다. 괜히 손짓 하나에도 더 신경이 쓰였다.

이날 5회 말 클리닝타임에 일이 벌어졌다. 주인공은 꼬깔콘 아줌마였다.

꼬깔콘 모양의 모자를 쓰고 호루라기를 불어대는 시끄러운 아줌마. 싸다구 콤비와 함께 야구장에 매일 출근 도장을 찍는 열성 팬이었다. 하지만 워낙 시끄러워 팬들과 트러블이 잦았다. 특히 최근 시작한 호루라기 응원은 응원단에도 방해가 됐다.

노연정이 의상을 갈아입으러 가던 길이었다.

6회 말을 마친 뒤에는 응원단의 스페셜 무대가 있다. 특별 의상을 입고 준비한 댄스를 하는 시간이다. 무대 뒤 조명을 켜고 의자와 같은 소품을 활용하기도 한다. 하지만 대기실에 가서 의상을 입고 다시 돌아오려면 시간이 빠듯하다. 발걸음을 재촉하던 중 우연히 그 모습을 본 것이다.

"아니, 이 아줌마가. 남이야 응원을 하든 말든 아줌마가 무슨 상관이야."

"야, 니들은 앉아서 야구만 볼 거면 야구장에 왜 왔노. 야구장에 왔으면 다 같이 응원을 해야 할 거 아이가. 그럴 거면 집에서 텔레비나 보든지."

오늘도 다른 사람에게 응원을 강요하다 싸움이 벌어진 모양이었다. 방송실에서 일하는 이 과장이 보안팀과 함께 아줌마를 달래고 있었다.

"아주머니, 오늘은 좀 봐주세요. 높으신 분도 오셨단 말이에요."

"옳지, 이 과장. 너 말 잘했다. 높으신 분한테 한번 물어보자. 야구장에서 응원하자는 내가 잘못인지, 아님 쟤들이 잘못인지. 아니면 용 단장한테 직접 찾아갈까? 엉?"

꼬깔콘 아줌마가 이 과장의 팔을 잡았다.

"아주머니, 오늘은 좀……."

이 과장이 얼굴을 찌푸리며 말을 흐렸다.

"저기 치어리더 언니도 있네. 연정 씨, 연정 씨도 이리 와서 말 좀 해줘봐. 누가 잘못했는지."

불똥이 노연정에게 튀었다. 순간 팬들의 시선이 쏠렸다. 얼굴이 뜨거워졌다.

"아니, 전 지금 바빠서……."

꼬깔콘 아줌마를 뒤로하고 재빨리 도망쳤다. 저런 일에 말리면 골치만 아프다. 덕분에 복귀가 늦어졌다. 노연정이 옷을 갈아입고 무대에 도착했을 땐 이미 스페셜 무대가 끝나가고 있었다.

센터 자리엔 심연정이 서 있었다. 팬들의 환호성이 평소보다 더 큰 것 같았다.

"언니!"

윤 언니에게 눈을 치켜떴다.

"쟤를 센터에 세우면 어쩌라고!"

팬들이 듣건 말건 목소리가 커졌다.

"얘, 그럼 니가 늦는데 어떻게 해."

"그래도 쟨 안 되지."

바락바락 소리를 질렀다. 윤 언니도 미워졌다. 센터가 어떤 자리인데. 센터 자리만은 절대 양보할 수 없다.

결국 그날 다른 안무도 틀려버렸다. 평소보다 몸이 잘 움직여지지 않았다. 저절로 표정도 굳어졌다. 함께 사진을 찍자는 팬들을 무시하고 대기실로 돌아왔다. 그날 수훈선수로 뽑힌 외국인 선수 호세 로드리게스의 응원단상 인터뷰 때도 빠졌다. 눈물이 핑 돌았다. 완전히 센터에서 밀려난 기분이다.

"오늘 간만에 응원단 회식이야."

경기를 마치고 마 사장이 갑자기 회식을 선언했다. 노연정은 빠지려고 했다. 그냥 집에 가서 침대에 몸을 던지고만 싶었다. 기분도 별로였다.

"너 언제까지 그렇게 꽁해 있을 거야. 네 위치를 생각해야지."

마 사장이 억지로 끌고 왔다. 아, 정말 싫은데. 오늘 같은 날 술을 마시면 완전히 취해버릴 것 같았다.

회식 장소는 시내 고깃집이었다. 자연스럽게 눈길이 심연정에게 닿았다. 심연정은 가장 끝자리에서 남자 직원들과 앉아 있었다. 오늘은 힙한 모자를 쓰고 헐렁한 바지를 입었다. 나이 차이가 더욱 도드라져 보였다.

"와, 심블리다."

옆 테이블에서 대학생으로 보이는 남자들이 심연정을 알아보고 사인을 받으러 왔다. 핸드폰을 꺼내서 사진도 찍었다. 마 사장이 노연정의 눈치를 흘끔 봤다. 모르긴 몰라도 인상이 잔뜩 구겨져 있었을 거다.

"자, 우리 큰 연정이, 한잔 받아."

마 사장이 노연정에게 잔을 권했다. 원샷을 해버렸다. 캬, 하는 소리가 났다. 소주가 달았다. 그래, 잔뜩 마셔버리자. 자작하려는데 마 사장이 병을 뺏어 따라줬다.

"요즘 너는 나보다 인기가 좋은 것 같다."

오민준이 심연정 옆에 찰싹 붙어서 재잘거렸다. 저 촉새 같은 놈. 사진 찍어서 확 마누라한테 일러줄까 보다. 깐족거리는 모습이 더 얄미워 보였다.

"연정아, 요즘 너 말이야……."

마 사장이 채워주는 잔을 계속 들이켜면서 노연정은 마 사장의 말에 대충 대꾸했다. 한 귀로 듣고 반대쪽으로 흘렸다. 노연정에 대한 위로의 메시지로 시작된 마 사장의 이야기는, 어느새 본인의 잊지 못할 첫사랑으로 넘어가 있었다. 옆 테이블에선 팬들이 심연정을 찾아와 끊임없이 사인을 요청했다. 노연정의 시선도 저절로 그쪽으로 향했다.

캬, 한 번 더 소주잔을 털어 넘겼다.

"오빠, 내가 오빠 좋아하는 거 아시잖아요. 정말 몰랐어요?"

술을 깨러 밖에 나왔을 때였다. 이미 다들 술에 취해 뿔뿔이 흩어진 뒤였다. 잔소리를 늘어놓던 마 사장도 혀가 꼬부라져서 했던 말을 반복했다. 껌이라도 사볼까 해서 밖으로 나왔을 때 익숙한 목소리를 들은 것이다. 소리는 술집 뒤편 골목길 안에서 들려왔다.

"오빠, 알면서 왜 그래요. 제가 DM도 여러 번 보냈잖아요."

"아니, 갑자기 이러면 나보고 어떻게 하라고……."

난감해하는 남자의 목소리도 익숙했다.

골목길 안을 쳐다보니 남자와 여자의 실루엣이 보였다.

"그럼 난 어쩌라고요. 내가 누구 때문에 응원단에 들어
온 건데……."

갑자기 여자가 울기 시작했다. 여자가 쓴 모자가 낯익
었다. 머리 위로 얹은 모자에, 익숙한 바스트 라인, 그리
고 살짝 코가 막힌 듯 앵앵거리는 목소리를 입히면, 심연
정이었다.

"아니, 얘가……."

당황한 듯 머리를 긁적이는 남자의 얼굴이 불빛에 비
쳤다. 응원단장 오민준이었다. 오민준은 울고 있는 심연
정을 앞에 두고 어쩔 줄 모르겠다는 듯 안절부절못했다.
심연정의 울음소리는 더 커졌다.

순간 노연정의 머리에 전구가 켜졌다. 그리고 오민준을
바라보던 심연정의 얼굴이 스쳐 지나갔다. 오민준의 시시
껄렁한 장난질에 항상 배시시 웃던 얼굴, 남자들에게 대
충 미소나 흘리는 여시라고 생각했다. 하지만…… 잘나가
던 모델 지망생이 응원단까지 들어온 이유가 그럼…….

심연정은 아예 자리에 주저앉아서 울기 시작했다. 술
에 취했는지 목소리가 늘어졌다.

"그럼 나 이제 어떻게 해요? 지금 말하잖아요. 나 오빠 좋다고요. 네?"

그랬구나. 심연정의 목소리를 들으면서 알게 됐다. 저 아이는 지금 짝사랑에 빠져 있다. 이룰 수 없는 혼자만의 사랑.

노연정은 잠시 망설이다 두 사람에게 다가갔다. 그리고 오민준에게 눈으로 들어가라는 신호를 보냈다. 둘을 번갈아 보던 오민준은 어깨를 으쓱하고는 자리를 비켰다.

노연정은 막내 치어리더의 옆에 앉아 어깨를 안아줬다.

"언니, 난, 나는요…… 언니……."

"괜찮아, 우리 동생. 좀 울어."

막내의 어깨가 가늘게 떨렸다. 힘을 줘서 꼭 안아줬다.

마음이 전해졌다. 나이 많은 남자를 짝사랑하는 어린 동생, 이뤄질 수 없는 마음을 혼자 간직하는. 나도 그 나이 땐 이룰 수 없는 사랑에 울고 그랬는데.

노연정의 옷에 막내의 눈물이 번졌다. 괜찮아, 괜찮아. 그럴 수 있어, 괜찮아. 계속 속삭이다 노연정의 눈에도 눈물이 번졌다. 결국, 그대로 둘이 끌어안고 펑펑 울었다.

"언니, 이거 아까 찍은 사진요, 우리 인스타에 같이 올려요, 네?"

심연정이 다가와 촐싹거렸다. 요즘 붙임성 좋은 강아지처럼 노연정의 주변만 왕왕거리며 따라다닌다. 이렇게 보니 완전 애다.

"얘, 너 처음 들어왔을 때하고 똑같다. 너도 이 언니만 졸졸 따라다녔잖아."

윤 언니가 뭔가 그리운 말투로 말했다.

그날 이후 심연정도 응원단장을 향한 짝사랑을 정리하기로 했다. 처음엔 오민준과 서로 어색했지만 이젠 꽤 자연스럽게 장난을 칠 정도까지 됐다. 물론 언니들이 옆에서 열심히 거들어준 덕분이다.

"얘, 니가 뭐가 아쉬워서 그래. 세상에 멋진 남자가 얼마나 많은데."

막내는 입을 가리고 호호 웃었다. 웃는 얼굴이 귀여웠다.

"자, 이번에 새로 시작하는 안무야. 노래는 블랙핑크 신곡."

윤 언니가 음악을 틀고 앞에 섰다. 치어리더팀들도 윤 언니 뒤에 쭉 열을 맞췄다.

아직은 내가 센터다. 하지만 언젠가 후배에게 이 자리를 내주게 되겠지. 그래도 무대는 좋다. 무대 가까이에 있기만 하다면 행복할 거야.

윤 언니를 쳐다봤다. 나도 언젠간 저 언니처럼 될까.

그래도 좋겠지. 저렇게 나이를 먹어도.

이번 주말엔 방송실 류 감독을 만나기로 했다. 윤 언니의 부탁에 큰맘 먹고 허락해줬다. 데이트한 지도 오래됐으니까. 오랜만에 맛있는 거나 잔뜩 먹어야지.

"하나, 둘, 셋, 넷, 여기서 손을 뻗고……."

노연정은 윤 언니를 따라 팔을 쭉 뻗었다.

아줌마의 수다

이봐. 그래, 거기 그쪽. 아니, 지금 고개 돌리는…… 그래, 자네들 말이야. 어떻게 여긴 둘이 온 거야? 둘이 애인? 학생인가 보네? 어느 학교? 아니, 글쎄, 어느 학교냐니까. 뭘 그렇게 놀란대. 요즘은 프라이버신가 뭐시긴가, 하도 떠들어대다 보니 그런가 본데, 아니, 이모가 잡아먹을 것도 아닌데 뭘 그렇게 까칠하게 굴어. 야구 보면서 이모랑 얘기도 하고 그러면 좋잖아.

어라, 여기 삼촌 눈빛 봐라. 가만히 보니까 한 성질 하게 생겼네. 남자가 성질이 더러우면 여자가 힘들어져. 이모가 먹을 것 좀 줄 테니까 그 눈 그만 풀어.

그래도 두 사람 보니까 옛날 생각나네. 여기 이모도 왕년엔 남자들을 줄줄이 줄 사탕처럼 달고 다니던 사람인데 말이야. 그 놈팡이들은 죄다 어디 갔나 몰라.

일단 이거 하나 먹어봐. 집에서 직접 부쳐 온 파전이야. 파도 국내산이고. 이모는 중국산 안 써. 팔긴 이런 걸 어디서 팔아? 이 잘난 놈의 야구장에 이런 게 있을 것 같아? 죄다 썩어 빠진 똥 덩어리 같은 치킨 쪼가리 정도지. 아니, 야구 보면서 치킨만 뜯어야 한다고 어떤 인간이 정해놓은 거야. 저기 야구장 입구에서 치킨 쪼가리 파는 박 사장이 정했나? 안 그래? 이건 이모가 집에서 싸 온 거야. 이런 게 진짜 맛있는 거지. 아까부터 보니까 두 사람이 꼭 붙어서 열심히 응원하길래 이뻐서 주는 거야. 글쎄, 사양 말고 먹으라니까. 옳지, 잘 먹네. 맛있지? 여기 이모가 왕년엔 파전집 하나 차려보라고 귀에 딱지가 앉도록 여기저기서 얼마나 꼬임을 당했던지. 그런 인간들이 한때 줄줄이 줄 사탕처럼……

어어, 그렇지. 가른다, 갈라. 안타네, 안타! 아이고, 잘했다. 역시 내 새끼, 장하다! 아주 제대로 받아쳤네. 첫 타자가 나갔으니까 이번엔 역전하겠네. 기분인데 일단 한잔 들이켜야지. 캬, 좋다.

티비에? 내가? 어이구, 역시나 알아보는구먼. 그래, 이모 맞아. 어떻게 사인해줄까? 이모가 이렇게 매직도 가지고 다니거든. 모나미 매직. 사인할 땐 이게 최고야. 아니, 사양할 거 없어. 일단 거기 치킨 먹던 박스 있잖아. 그래, 그거 이리 줘봐. 글쎄, 사양할 거 없다니까. 이모가 바로 그 유명한 꼬깔콘 아줌마라니까 그러네. 실물이 낫지? 그런 소리 많이 들어.

어때, 사인 꽤 그럴듯하지? 내가 우리 팀 선수들 사인 죄다 가지고 있거든. 저기 더그아웃의 곰 감독 사인도 있어. 저 만사 귀찮아하는 미련곰탱이 같은 양반도 나한테는 껌뻑 죽어요, 죽어. 나만 보면 누님, 하면서 벌벌 떤다니까. 내가 지 코 흘리던 시절부터 꽉 잡아놨거든. 야구는 곰탱이처럼 하는 양반이 사인은 볼만하더라니까. 사인 만들 시간에 어떻게 하면 야구 잘하나, 궁리나 하고 앉아 있지 말이야.

선수들한테 사인을 쭉 받다가 내 사인도 만들었지. 꽤 괜찮지? 나도 나름 무진 구장의 연예인이잖아. 안 그래? 이것도 다 노력의 결과라고. 야구든, 사인이든 세상에 저절로 얻을 수 있는 건 없어요. 젊은 사람들도 명심하라고. 세상에 공짜는 없어.

여기 사진 한번 봐볼래? 이모가 이런 거 할 줄 아나, 뭘. 다 우리 동철이가 해준 거지. 동철이? 우리 손자야. 손자가 있냐고? 그렇게 안 보인다고? 이 여자 세상 살 줄 아네. 이봐, 삼촌, 여기 이 여자 괜찮다. 웬만하면 꽉 잡고 있어봐. 여하튼 사진이 어디에 있더라. 우리 동철이가 알려줬는데……

아, 여깄네. 이게 볼 때마다 새로워. 이 나이 되면. 그래도 이모가 선수들 응원가는 기똥차게 외우는데 말이야, 이놈의 핸드폰인지 뭐시긴지는 아무리 만져봐도 모르겠다니까. 그래, 이거네. 삼촌이 좀 키워줘봐.

이게 우리 집에 있는 장식장이야. 여기 공이 죄다 사인받은 공이고. 가운데 공 보이지? 작년에 은퇴한 그 사람 거야. 그 사인받기 어렵다는 양반 것도 집에 몇 개 있어. 두 사람 이뻐 보이니까 이모가 다음에 선물로 하나 갖다줄게. 어이구, 삼촌은 이제야 웃는구먼. 웃으니까 보기 좋네. 진작 좀 웃지, 왜 그렇게 인상을 썼대.

선수들 사인받는 요령이 있어. 얘네들도 사람이라서 말이야, 좀 구슬려야 된다고. 오냐오냐해주면서 얼굴을 터야해. 그리고 경기 졌을 때는 안 받는 게 좋아. 인상을 잔뜩 쓰고 있을 때는 그냥 파이팅, 한마디만 해주면 돼. 파이팅 알지? 만국 공통어 아니야. 그거면 만사 오케이야. 그러면 얘네들도 다음에 신경을 써준다고. 얼굴을 튼 다음에 공을 쏙 내밀면 거절 못 하지.

어어어, 저거 제대로 맞았네. 그래, 그래, 넘긴다. 넘겨…… 아이고, 저런. 저걸 잡냐. 저 망할 놈. 난 저놈이 야구판에서 제일 싫더라. 그치? 삼촌도 저놈 싫지? 이상하게 우리랑 할 때만 날아다녀요, 저놈은. 지네 부모가 우리 동네에서 돈이라도 떼먹혔나. 왜 우리만 만나면 저 지랄이야, 지랄이.

그러게 곰탱이 감독이 문제야. 아까 번트를 댔어야지, 그럼 딱 2루에 갖다 놓고 다음 안타에 들어왔을 거 아니냐고. 안 그래? 내가 속이 터져요, 속이. 저런 걸 감독이라고 꽂아 놓은 용 단장도 문제예요. 깜도 안 되는 미련한 인간을 지 말 잘 듣는다고 저 자리에까지 앉혀놨으니, 쯧쯧. 바지 감독에 돌머리 단장에. 저 용 단장도 나한테 꼼짝도 못 하던 양반인데, 요즘은 아주 감투 하나 썼다고 얼마나 뻐기는지…… 사람이 옛날 생각을 못 해요.

나? 이모야. 용 단장도 잘 알지. 이모 학교 다닐 때 이모 앞에서 고개 푹 숙이고 잔뜩 쭈그리던 양반인데. 키도 좀 작아요. 아주 이모만 보면 발발 떨었지.

야구? 당연히 좋아하지. 학생들은 종교 있어? 이모는 야구를 믿어. 부처님 예수님보다 이게 좋아. 집에 있는 야구공 있지? 그거 보면서 기도하고 그래. 오늘 하루도 잘 좀 봐주이소~ 하면서.

이모가 야구장 처음 온 게 언젠 줄 알아? 자네들 태어나기도 전이야. 그땐 야구장에 외야석도 없었어. 그냥 뻥 뚫려 있었다고. 그리고 죄다 술 퍼먹고 고래고래 소리를 질러대는 똥 덩어리 같은 인간들만 있었어. 한마디로 아비규환.

그래도 가끔 그때가 그립기도 하네. 그땐 소리 한번 지르면 선수들도 깜짝 놀라서 돌아봤는데 말이야. 이모가 목청이 좀 좋나.

뭐야, 벌써 공격 끝난 거야? 에라이, 그 좋은 걸 못 살리냐. 저런 미련곰탱이. 차라리 나를 감독 시켜라. 어이구.

자자, 여기 막걸리나 한잔 받아봐. 뭐? 이 맛있는 걸 왜 안 먹어. 일단 받아봐. 글쎄, 사양하지 말라니까. 그래, 거기 종이컵 받고 쭉쭉. 거기 식어 빠진 맥주 쪼가리보다 이게 훨씬 낫지. 야구는 공격만 보면 돼. 던지는 건 봐서 뭐 해.

자, 오늘은 이겨서 연패 끊어야지. 안 그래? 건배하면서 파이팅, 해보자고. 무슨 젊은 사람들이 눈치를 그렇게 봐. 여기선 이모만 믿으면 돼. 이모가 여기 꽉 잡고 있어.

자자, 파이팅!

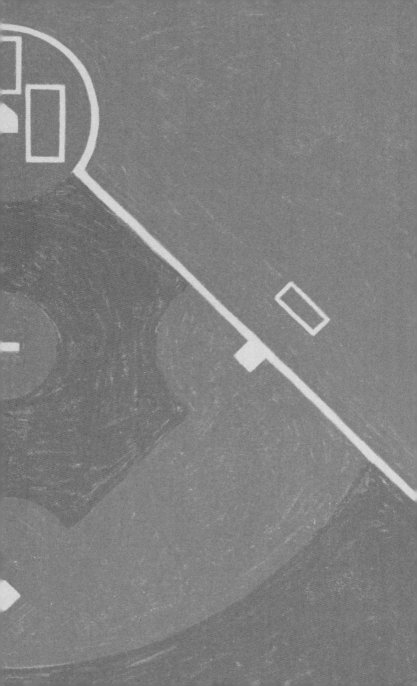

#4 꼬깔콘 아줌마

"아니, 자네는 실무자라는 사람이 뭐 하고 있는 거야?"

용 단장이 불을 뿜으며 소리쳤다. 이 소리는 아마 식당에서 쉬고 있는 여사님들의 귀에도 들어갈 거다.

이 과장은 영혼을 분리해 사무실 밖으로 보내는 의식을 시작했다. 시선의 초점을 흐리며 한 곳에 멍하니 포커스를 맞췄다.

"대체 몇 번을 말해야 알아듣겠나? 엉? 대책을 찾으라고, 대책을. 내가 직접 나서리? 내가 당신들만 보면 속에서 천불이 올라와!"

머리를 조아리면서 자연스럽게 겨울 휴가에 대해 생각했다. 올겨울에는 최대한 먼 곳으로 가서 아무 생각 없이 쉬다 와야겠다. 조용한 이국의 섬에서 칵테일을 마시며 살이나 태우면서. 핸드폰은 고장 났다고 하고 꺼버리리라. 그놈의 까톡, 소리만 들어도 머리에서 지진이 난다.

용 단장은 계속 무어라 소리를 지르고 있었다. 키가 작은 용 단장을 내려다보는 모양새가 됐다.

멍하니 용 단장의 입을 쳐다봤다. 소리가 사라지면서 무성 영화처럼 용 단장의 입만 클로즈업됐다. 쉼 없이 뻐끔거리는 입안에서 빨간 혀가 들어갔다 나왔다 움직였다.

과장을 달면서 터득한 노하우 중 하나가 바로 상사의 잔소리 때 다른 상념에 빠져드는 것이다. 명상을 통해서 터득했다. 영혼을 분리해 껍데기만 이곳에 남긴다. 아무런 미움도 욕심도 없이.

"여하튼 똑바로 하라고, 똑바로. 알겠나?"

용 단장이 혀를 끌끌 차면서 이 과장과 문 팀장을 쏘아보더니 덜컥 사무실 문을 열고 나갔다. 모니터에 코를 박고 있던 직원들도 비로소 고개를 들기 시작했다.

같은 마케팅팀 문 팀장은 빨개진 얼굴로 이 과장의 어깨를 툭 치더니 밖으로 나갔다. 아마 혼자 먼 산을 바라보며 담배를 한 대 물 것이다. 문 팀장은 마음이 약하다.

"그러게, 잘 좀 하지, 으이구."

김 부장이 바지를 추켜올리며 이죽거리곤 문 팀장을

따라나섰다. 쳇, 아무런 도움도 안 주면서. 꼭 얄미운 소리를 덧붙인다. 하여간 좋아질 수가 없는 사람이다.

이 과장은 손가락으로 왼쪽 귀를 파면서 자리에 앉았다. 모니터를 보면서 귀를 후볐다. 데시벨이 커다란 소음을 듣느라 소중한 청력이 상하진 않았을지 걱정됐다.

곧 민 차장이 담벼락을 넘는 고양이 그림자처럼 스윽 다가왔다.

"오늘은 대체 왜 저러는 거야?"

"왜긴, 요즘 우리 쪽 깨는 건 하나밖에 없잖아. 그 아줌마."

이 과장은 모니터를 쳐다보며 고개를 절레절레 흔들었다. 즐겨찾기를 해놓은 해외축구 면이 떴다.

"어이구, 그 아지매. 그렇게 난리를 치더니 결국 단장까지 난리구먼."

민 차장이 혀를 끌끌 차더니 이 과장의 어깨를 주물러줬다. 그래도 걱정해주는 동료는 민 차장뿐이다.

이 과장은 해외축구 기사를 보면서 마음을 가라앉히려 노력했다. 저런 한심한 일로 스트레스 받을 필요는 없다. 스트레스는 만병의 근원이다.

하지만 도저히 마음이 안정되지 않았다. 짜증이 밀려왔다. 모니터에서 눈을 떼고 책상에 놓인 비타민 한 봉을 입에 털어 넣었다. 시큼한 향에 저절로 눈썹이 찌그러졌다.

　나보고 대체 어쩌라는 말인가. 그럼 팬을 쫓아내란 건지. 본인도 대책 없으면서.

　볼멘소리가 나왔다.

　결국 이번에도 꼬깔콘 아줌마다. 요즘 용 단장에게 깨지는 일은 거의 그 아줌마가 원인이다.

　가뜩이나 시끄럽던 아줌마다. 중계방송에 잡힌 것도 여러 번이었다. 워낙 목청이 좋다. 자그마한 무진 야구장이 쩌렁쩌렁 울릴 정도다.

　최근엔 호루라기까지 가세했다. "잘한다, 내 새끼!" 하고 소리를 지르다가 호루라기를 삐익! 부는 식이다. 주변 사람들이 인상을 써도 상관하지 않는다.

　사실 꼬깔콘 아줌마는 무진 야구장의 명물이라면 명물이다. 직업이 뭔지는 몰라도 매 경기 야구장에 출석하는 열성 팬 중 한 명이다. 목청이 큰 데다 붙임성도 좋았다. 더군다나 머리엔 항상 꼬깔콘을 연상시키는 삼각형 종이 모자를 쓰고 다니는 터라 야구장에선 '꼬깔콘 아줌마'로 통했다.

　"자자, 이거 하나씩 먹고 하라니까."

　종종 매표소에 파전을 들고 찾아오기도 했다. 이 과장

도 몇 번 얻어먹었다. 검정 비닐봉지에 넉넉히 파전을 싸들고 헤헤거리며 얼굴을 들이밀었다. 처음엔 께름칙해서 사양했지만, 막상 먹어보니 제법 맛이 있었다.

하지만 기본적으로 팬에게 무언가를 받는다는 건 찜찜했다. 친분을 이유로 다른 걸 요구할 것 같았기 때문이다.

아줌마는 미디어에서도 인기가 있었다. 중계방송에 종종 잡혔다. 그림이 된다. 꼬깔콘 모양의 모자를 쓴 중년 여성이 고래고래 응원하는 모습. 선수들의 플레이 하나하나에 기뻐하고 슬퍼하고. 그 자체로 좋은 소재다.

지역 방송의 야구 프로그램에 출연하기도 했다. 목청만큼이나 말도 버터를 바른 듯 청산유수였다. 방송에서 회한에 잠긴 채 무진 야구장의 추억담을 늘어놓다가, 그래도 야구장은 너무 오래됐다고 핏대를 세우더니, 시장은 반성하라고 으름장을 놓은 후, 결국은 시민들을 위해 새로운 야구장을 빨리 만들어달라며 주먹을 쥐면서 외쳤다.

"아따, 저 아지매, 말 하나는 기똥차네. 우리가 할 말 대신 해주는 거 보니까 속이 다 시원하다. 안 그렇나?"

민 차장과 이 과장은 감탄을 하면서 지켜봤다. 신축구장은 무진 드래곤스의 숙원 사업이다. 꼬깔콘 아줌마 같은 팬의 목소리는 구단에 큰 힘이 된다. 분명 고마운 부분이다.

하지만 점점 선을 넘었다. 호루라기 소리는 다른 관중들에게서도 클레임이 들어오기 시작했다. 보안팀을 통해서 제지해도 들은 척 만 척이다. 이미 스스로를 야구장의 권력자로 생각하는 모양이었다.

"내가 응원하는 건데 니들이 왜 지랄이고, 지랄이. 단장 나오라고 그래!"라면서 걸핏하면 단장을 호출했다. 용 단장과 학창 시절부터 아는 사이라고 하는데, 아무리 그래도 함부로 단장을 부르는 건 좀 그랬다.

이 과장은 웬만하면 휩쓸리기 싫었다. 저런 이상한 팬과 엮여봐야 얻을 게 없다. 최대한 거리를 뒀다. 아줌마의 목소리가 들리면 일부러 빙 돌아서 피했다. 직접 맞서는 일은 야구장 경비실장인 감 실장에게 맡겼다.

하지만 용 단장이 직접 대책을 마련하라고 닦달하는 상황이라 이 과장도 꼼짝없이 엮이게 된 것이다.

오후에 바로 감 실장을 불러 대책 회의를 마련했다. 검은색 슈트를 입은 감 실장이 굳은 얼굴로 나타났다. 어깨가 딱 벌어져 슈트가 좀 작아 보였다. 왼쪽 뺨엔 안 보이던 뾰루지도 생겼다. 요즘 아줌마 때문에 이리저리 시달리는 통에 스트레스가 심한 모양이었다.

회의실에 문 팀장과 함께 남자 셋이 둘러앉았다. 회의

실 탁자가 꽉 찼다. 회의는 자연스럽게 꼬깔콘 아줌마 성토로 이어졌다.

"얼마 전엔 선수 주차장에까지 들이닥쳐서 사인해달라고 난리를 치는 통에 아주 학을 뗐습니다. 무슨 사인이라도 맡겨놨나, 아주 본인이 말하면 다 되는 줄 안다니까요."

감 실장이 머리를 흔들며 분을 토했다. 깍두기 모양으로 짧게 깎은 머리가 흔들렸다.

"그리고 최근에 그 사건 아시죠? 선수 차 세차하다가 딱 걸린 거. 아니, 그 차가 얼마짜린데 집에서 쓰는 세제로…… 나, 참 어이가 없어서……."

감 실장은 기가 막힌 듯 한숨을 푹 쉬더니 물을 벌컥 들이켰다. 감 실장도 질린 모양이었다. 학교 다닐 때는 주먹깨나 쓰던 다혈질이라고 들었다. 지금은 야구장 경비일을 하면서 성실하게 살고 있지만 기본적으로 타고난 혈기는 순간순간 드러났다. 이 과장이 감 실장의 어깨를 두드리며 위로해줬다.

세차 사건은 이 과장도 잘 알고 있었다. 팀에서 가장 연봉이 높은 베테랑 선수의 고급 외제 차를 집에서 쓰는 세제와 수세미로 세차하다가 걸린 사건이다. 다행히 세차 초반에 막았지만 이미 차가 꽤 상해버렸다. 그때도 아줌마는 "팬이 선수를 위해 도와주는 걸 니들이 뭔데 막고 지랄이고!"라며 바락바락 대들었다. 선수도 상대방이 팬이라 그냥 조용히 보험 처리하는 선에서 마무리했다. 하지만 대신 화살은 구단으로 돌아왔다. 팬 통제도 제대로 못한다며 선수단에서 정식으로 항의한 것이다.

뭔가 브레이크가 필요하다는 결론이었다. 이대로 두면 점점 기고만장해질 것이다. 더군다나 용 단장에게서 목숨을 부지하기 위해서라도 대책이 필요했다.

하지만 어떻게? 가장 중요한 질문에 대한 답이 나오지 않았다.

"이 과장, 둘이 잘 좀 고민해봐라. 알겠나?"

문 팀장이 의리 없이 이 과장 어깨를 툭 치더니 회의실을 나가버렸다.

우이 씨, 어려운 건 전부 나한테 넘기고. 이 과장의 얼굴이 구겨졌다.

감 실장과 머리를 맞대고 고민해도 결론은 나오지 않았다. 한숨을 쉬면서 자연히 침묵이 길어졌다. 회의실에 걸린 시계의 초침 소리만 크게 들렸다.

"차라리 복면을 쓰고 처치해버릴까요?"

감 실장이 쓴웃음을 지으면서 말했을 때는 이 과장도 따라서 헛웃음이 나왔다.

구단은 팬에게 을이다. 이것이 엄연한 현실이다.

그날 퇴근하고 민 차장과 술자리를 가졌다.

"기분도 꿀꿀한데 한잔 어때?" 하는 민 차장의 요청에 따라나섰다. 민 차장과의 술자리에서도 아줌마에 대한 성토가 이어졌다.

"아니, 우리가 대체 무슨 죄야. 안 그래? 우리야말로 선량한 시민이라고."

민 차장에게 술잔을 내밀며 하소연을 했다. 하지만 부질없는 넋두리에 그친다는 걸 알고 있다.

취한 민 차장을 택시에 태워 보내고 잠시 광장 벤치에 앉았다. 여름밤 광장 농구대 앞엔 사람들이 꽤 많았다. 늦은 밤까지 헉헉 소리를 내면서 열심히 운동하고 있었다.

이 과장은 편의점에서 구입한 비타민 음료를 홀짝이며 그 모습을 멍하니 지켜봤다. 다들 열심이구나.

그때 농구대 저편에서 익숙한 실루엣이 나타났다. 저 낯익은 그림자, 어디서 봤더라. 방정맞아 보이는 발걸음에, 가만히 있어도 시끄러울 것 같은 입매, 그 위에 삼각형 모자를 하나 덧대면…… 꼬깔콘 아줌마였다.

뭐야, 저 아줌마. 평소엔 모자를 안 쓰고 다니는구먼.

이 과장은 자연스럽게 아줌마를 관찰하게 됐다. 아줌마는 이 과장이 앉아 있는 벤치의 길 건너편을 빠른 걸음으로 지나갔다. 무슨 기분 좋은 일이 있는지 얼굴엔 미소를 띠고 있었다. 손에 든 검은색 비닐봉지가 발걸음을 따라 출렁거렸다.

쳇, 남의 속 잔뜩 긁어놓더니 본인은 기분이 좋으시군.

이 과장은 잠시 아줌마의 뒷모습을 물끄러미 바라보다 집으로 향했다.

다음 날 아침 축구공을 들고 집 근처 운동장으로 나왔다. 천천히 드리블했다. 몸에서 땀이 나기 시작했다. 공을 몰고 가서 골대를 향해 날렸다. 철썩하고 그물이 흔들렸다.

한 번 더 공을 드리블했다. 자연스럽게 공 위로 용 단장의 얼굴이 겹쳤다. 아까보다 더 힘을 줘서 슛을 날렸다. 너무 힘이 들어갔는지 골대 위로 공이 날아가버렸다.

마누라가 차려준 아침을 대충 깨작거리고 딸 자인이를 유치원에 데려다줬다. 전날 술을 마신 터라 입맛이 없었지만, 마누라에게 한소리 들을 것 같아 대충 입에 털어 넣었다. 차 뒷자리에 탄 자인이가 재잘재잘 떠들었다.

"아빠, 어제 말이야, 엉, 내가 유치원에서 유진이랑 같이 앉아 있는데 말이야, 엉, 그랬는데 말이야……."

딸의 말에 대충 대꾸를 하면서 핸들을 돌렸다. 머릿속으로는 어젯밤에 봤던 꼬깔콘 아줌마를 떠올리고 있었다. 그 아줌마는 그 밤에 어디를 가고 있던 걸까. 그리고 왜 그렇게 기분이 좋아 보였지.

넋 놓고 딴생각을 하다가 빨간색 신호등이 눈에 들어오는 순간 정신이 번쩍 들었다. 끼익하고 급브레이크를 밟았다. 횡단보도를 건너던 할아버지가 째려봐서 손을 들고 사과의 뜻을 전했다.

아침부터 어디다 정신을 팔고 있는 건지. 그 아줌마 생각을 떨쳐버리려 머리를 세차게 흔들었다.

하지만 결국 그날 야구장에서 대형 사고가 터져버렸다.

사건은 야구 경기가 시작되기 전, 관중석에서 일어났다. 그날도 경기 전 용 단장이 뒷짐을 지고 관중석을 순찰하고 있었다. 여름 들어 팀 성적이 하락하면서 용 단장이 새롭게 시작한 루틴이었다. 겉으로는 팬들과의 소통을 강화하겠다는 취지를 표방했지만 실은 뭐라도 변화를 주어 부진에서 탈출하자는 의미를 담고 있었다.

하지만 짐짓 인자한 표정으로 야구장을 순찰하던 용 단장에게 누군가 소리를 지르면서 위기가 찾아왔다.

"아이고, 이게 누구십니까. 그 대단하신 용 단장님 아니신교?"

이 과장은 자연스럽게 민 차장과 눈이 마주쳤다. 저 목소리는…… 꼬깔콘이다.

이 과장은 재빨리 민 차장과 기둥 뒤에 숨었다. 본능에 따른 것이었다. 저만치 앞서가던 용 단장만 홀로 아줌마와 마주 서게 됐다.

"허허, 그동안 안녕하셨습니까. 여전히 목청이 카랑카랑하시네예~"

용 단장이 다른 팬들의 시선을 의식하면서 허허 사람 좋은 웃음을 지었다. 그리고 곁눈질로 이 과장과 민 차장을 찾아 두리번거렸다.

"목청이고 나발이고, 요즘 아랫사람 관리를 어찌합니까, 네? 자꾸 팬보고 시끄럽다 캐 쌌는데, 내가 너네 단장하고 말이야, 응? 한때 같이 술도 마시고, 응? 몇 년이나 알던 사이인 줄 아느냐고, 아무리 설명을 해도 막무가내라 아닙니까. 한번 말 좀 해봅시다. 팬 없어서 텅텅 비어 있던 야구장에 줄곧 출근 도장 찍던 사람한테 이래도 됩니까, 안 됩니까? 네? 말 좀 해보이소. 요즘 관중 좀 드니까 팬들이 하찮아 보입니까?"

꼬깔콘 아줌마의 샤우팅에 용 단장의 얼굴이 서서히 빨개지기 시작했다. 팬들은 웅성웅성하며 아줌마 주변으로 몰려들기 시작했다. 아줌마는 힘을 얻은 듯 더욱 목청을 높였다.

"그리고 말입니다. 말이 나와서 말인데, 대체 저 미련탱이 곰 감독은 언제까지 저 자리에 앉혀둘 겁니까? 아니, 야구의 '야' 자도 모르는 양반을 무슨 더그아웃에 응원단장이랍시고 앉혔답니까? 네? 말 좀 해보이소. 응원단장을 시키려면 차라리 내를 앉히든지!"

꼬깔콘 아줌마가 삿대질하면서 소리를 지르자 주변에 있던 팬들이 와하고 손뼉을 치면서 환호하기 시작했다. 역시 대중은 선동에 약하다. 더군다나 요즘 곰 감독의 인기는 바닥이다.

"그리고 지금 우리 팀 순위가 몇 위입니까? 한가하게 노닥거리고 있을 땝니까? 네? 대체 몇 위냐고요? 말 좀 해보이소. 왜, 부끄럽습니까? 왜 말을 못 합니까?"

용 단장은 아줌마의 공세에 당황했는지 대답을 못 하고 입만 웅알거렸다. 대신 얼굴은 더욱 빨개져서 폭발하기 직전이었다. 시한폭탄을 보는 기분이었다. 아, 저거 터지면 왠지 우리한테 튈 것 같은데. 이 과장의 심장도 빠르게 뛰기 시작했다.

이후 꼬깔콘 아줌마는 현재 야구장의 문제점과 새로운 야구장 건립의 필요성에 대해서 연설을 했다. 주변에 모인 팬들은 꼬깔콘, 꼬깔콘, 하고 외치며 환호를 보냈다. 팬들의 환호에 격양된 아줌마가 더욱 소리를 높이며 용 단장을 몰아붙였다. 아줌마의 양옆에선 빨간 머리의 불싸다구와 파란 머리의 물싸다구가 아줌마를 호위하며 박수를 유도했다.

결국 경비 업체 직원들이 달려들어 어찌어찌 상황은 마무리됐다. 하지만 용 단장의 얼굴은 곧 불을 뿜을 것처럼 새빨갰다. 저 불똥이 나한테 튀지는 않겠지. 이 과장은 자신의 예감이 틀리길 바랐다.

물론, 슬픈 예감은 틀린 적이 없었지만.

그날 마케팅팀 전원이 소집됐다. 용 단장은 단단히 화가 나서 고래고래 소리를 질렀다. "당장 저 아줌마 어떻게 하지 않으면 너희들부터 가만히 안 두겠다"는 소리까지 나왔다.

이날은 마인드 컨트롤도 소용없었다. 워낙 데시벨이 커서 한참 동안 귀가 먹먹했다.

용 단장에게서 해방되자마자 이 과장은 방송실로 줄행랑쳤다. 방송실 의자에 앉아 다리를 쭉 펴니 비로소 마음이 안정됐다. 그래도 방송실에 있을 때 가장 평화롭다. 눈치 볼 사람이 없기 때문이다.

사람 좋은 문 팀장까지 씩씩거리며 대책을 마련하라고 다그쳤다. 아니, 본인들도 못 세우는 대책을 대체 어떻게 내놓으란 말씀이신지.

이 과장은 방송실에 앉아 인상을 쓰면서 탄산음료를 들이켰다. 목에서 꺼억, 하는 트림 소리가 올라왔다. 잠시 멍하니 방송실 모니터를 봤다. 모니터 위로 야구장 곳곳이 비치고 있었다. 안전을 위해 설치한 CCTV 화면이었다.

"과장님, 무슨 걱정이라도……."

모니터 앞에서 작업하던 류 감독이 돌아봤다.

류 감독 컴퓨터엔 그날 전광판에 띄울 이미지들이 쭉 펼쳐져 있었다.

류 감독은 손목까지 내려오는 긴 옷을 걸치고 있었다. 컬러도 안 어울리게 밝은색으로 골랐다. 분명 못 보던 옷이다. 그렇게 더위를 타던 녀석이 올여름에는 멋을 잔뜩 부리고 있다. 누구한테 잘 보이려고.

"아, 과장님. 이거 어떻습니까? 주말에 아울렛을 갔는데……."

이 과장의 시선을 눈치챈 류 감독이 어깨를 쭉 펴면서 떠벌리기 시작했다.

류 감독이 치어리더에게 반했다는 소문은 이 과장 귀에까지 들어온 얘기다. 원래 다른 사람의 연애담은 빨리 퍼지는 법이다.

그래, 인마, 속 편해서 좋겠다.

류 감독의 머리를 쓰다듬었다. 머리를 빡빡 밀어서 동글동글 감촉이 좋았다.

류 감독과 알게 된 지는 벌써 5년이 넘었다. 대학을 졸업하고 처음 방송실 아르바이트부터 시작해서 지금은 어엿한 방송실 실장까지 올라왔다. 작년부턴 개인 사업자로 등록하고 '스포츠 영상 전문, 류승룡 감독'이라는 뻔뻔한 명함까지 팠다. 야구 외에 다른 스포츠 영상으로 발을 넓히고 있다고 했다.

"제가요, 과장님. 이래 봬도 꿈을 이룬 놈입니다. 야구에, 영상에, 저 좋아하는 일은 다 하잖아요."

얼마 전 술을 마시면서 떵떵거리기도 했다.

류 감독의 잡담을 듣다가 모니터를 쳐다봤다. 모니터엔 관중석이 꽤 또렷하게 보였다.

"류 감독, 저거 줌도 되는 거지?" 이 과장이 모니터를 손가락으로 가리켰다.

"그럼요, 과장님. 이거 올해 새로 달았잖아요. 줌이 끝내줍니다. 한번 보실래요?"

류 감독이 갑자기 신이 난 듯 줌을 당겼다 늘렸다 했다. 원래 새로운 영상 장비만 보면 침을 질질 흘리는 녀석이다.

"이걸로 응원단도 가까이 볼 수가 있습니다. 흐흐."

류 감독의 눈이 하트 모양으로 바뀌었다. 누굴 생각하는지 알 것 같았다. 사랑에 빠진 녀석들은 바보가 된다.

음, 저 모니터를 활용해볼까. 갑자기 머리가 반짝했다.

"류 감독, 그럼, 말이야, 저기 응원단 앞 관중석 좀 당겨봐."

류 감독과 함께 응원단 앞자리를 수색했다. 관중석엔 이미 팬들이 가득 들어차 있었다. 응원단 앞은 가장 인기가 좋은 자리다. 관중석을 살핀 지 얼마 지나지 않아 꼬깔콘 모자가 눈에 들어왔다. 곧바로 화면에 아줌마의 얼굴이 나타났다. 눈에 안 띌래야 안 띌 수가 없다. 아줌마는 뭐가 그렇게 신이 났는지 옆 사람에게 침을 튀겨가면서 떠들고 있었다. 양옆에는 싸다구 콤비가 좌청룡 우백호처럼 호위하고 있었다. 각자 등 뒤에 자랑스럽게 '불싸다구', '물싸다구'라고 마킹까지 했다. 아줌마 등 뒤로는 '꼬깔콘 아줌마'라는 글자가 보인다. 아주 야구장에 전세를 낸 모양이다.

으이구, 저 아줌마가 남의 속도 모르고.

이 과장은 혀를 끌끌 차면서 모니터를 쳐다봤다. 일단은 모니터를 통해서 감시를 해보기로 했다. 분명 뭔가 잡힐 것 같았다.

꼬깔콘 아줌마가 갑자기 목을 젖히면서 웃기 시작했다.

아, 밉다. 모니터 속 아줌마를 쳐다보면서 이 과장은 그런 생각을 했다.

야구 경기를 시작한 후에도 한참 모니터를 통해서 아줌마를 관찰했다. 자세히 보니 아줌마의 행동은 예상보다 훨씬 거침이 없었다. 아무 사람이나 붙잡고 막걸리 잔을 내밀고 파전을 입에 떠넘겼다. 상대방이 아무리 거절해도 막무가내였다.

흥이 나면 호루라기를 삑 하고 불기도 했다. 시끄러운지 주변 사람들은 인상을 썼지만, 아줌마는 상관없다는 듯 계속 본인의 응원을 이어갔다. 선수들의 실책이 나오면 욕설을 내뱉기도 했다. 하도 목청이 커서 방송실까지 들릴 정도다. 모니터에선 그 소리의 주인공이 잔뜩 인상을 쓰면서 고래고래 고함을 질렀다. 자연스럽게 화면과 소리의 싱크가 맞춰졌다. 아줌마의 양옆에서는 싸다구 콤비가 말 잘 듣는 강아지처럼 찰싹 붙어 함께 고함을 질러댔다.

저 아줌마는 우리 야구장의 악이다.

이 과장은 확신했다. 그동안 외면했지만 이렇게 자세히 보니 알겠다. 저 아줌마는 우리 구단의 어둠이며, 악당이다. 용 단장의 지시와는 별개로, 사랑하는 무진 야구장을 위해서라도 반드시 어떻게 해야 한다. 평소 '사람들은 거기서 거기다'라는 철학을 가지고 있던 이 과장에게도 꼬깔콘 아줌마는 분명 악당의 이미지였다.

한참을 처다보고 있는데 아줌마가 비닐봉지에서 뭔가를 꺼냈다. 생수가 들어 있는 페트병 같았다. 그런데 그게 좀 이상했다. 생수병을 종이컵에 따르더니 옆자리의 아저씨 무리에게 한 잔씩 권했다.

그리고 서로 잔을 부딪치면서 들이키더니, 어럽쇼, 그 잔을 머리에 털기까지 한다.

소주구나. 이 과장의 심장이 뛰기 시작했다.

저거다. 소주는 야구장 반입 금지 품목이다. 올해부터 시작된 리그 캠페인에 분명히 나와 있다. 10도 이상의 알코올류는 야구장에 가지고 올 수 없고, 몰래 지참을 한 팬은 구단 지침에 따라 조치할 수 있다.

"류 감독, 저거 녹화되지?"

류 감독을 시켜 화면을 녹화했다. 류 감독도 심상치 않은 분위기를 느꼈는지 긴장된 표정으로 녹화 버튼을 눌렀다. 이걸 활용하면 분명 아줌마에게 카운트 펀치를 날릴 수 있을 것 같았다.

문 팀장에게 보고하니 그 역시 화색이 돌았다. 화면을 보더니 혀를 끌끌 찼다.

"아이고, 저 아줌마가 아주 야구장을 술판으로 만드네."

혀를 차면서도 입은 웃고 있었다.

"저건 분명히 문제가 됩니다, 과장님. 이번에 아주 딱 걸렸네, 저 아지매."

감 실장도 화면을 보면서 이를 갈았다. 그동안 쌓인 게 많은 모양이었다.

세 사람이 머리를 맞댔다. 분명 아줌마가 호락호락 인정하지 않을 것이다. 난동을 부릴 것도 대비해야 한다. 우선 아줌마를 조용히 불러서 증거를 내밀자. 그렇게 계획을 짰다.

작전은 8회 말을 마친 후에 수행하기로 했다. 공수 교대하는 동안 끝내야 한다. 경기를 마치기 전인 8회 말이 가장 좋은 타이밍이라는 결론이었다.

8회 말이 시작될 때 보안팀과 함께 관중석 뒤로 다가갔다. 이 과장의 가슴이 두근두근 뛰기 시작했다. 첩보 작전에 나서는 기분이었다.

감 실장이 보안 직원과 함께 아줌마에게 가서 생수병을 압수 수색하기로 했다. 보안팀이 가는 모습을 멀찍이 떨어져서 지켜봤다. 직접 맞서는 상황만은 피하고 싶었다.

예상대로 꼬깔콘 아줌마는 거세게 저항했다.

"이것들이 단체로 미쳤나. 왜 남의 짐을 만지고 지랄이고, 지랄이."

아줌마가 보안팀으로부터 비닐봉지를 감싸며 소리쳤다. 아줌마, 여기 증거가 있습니다, 증거가. 이 과장은 녹화한 영상이 들어 있는 USB를 꼭 쥐었다. 손에 땀이 번졌다.

"아줌마, 다 보고 왔습니다. 거기 봉지 안에 페트병 있죠? 그것 좀 줘보세요."

감 실장이 봉지로 손을 뻗었다. 그때 아줌마가 감 실장의 손을 내리쳤다.

"이 자식이 미쳤나. 너 오늘 죽어볼래?"

"아줌마야말로 미쳤습니까? 이거 폭력입니다, 폭력."

"그래, 자식아. 폭력이다. 너 오늘 나한테 맞아 죽어봐라."

아줌마가 소리를 지르면서 감 실장을 마구잡이로 때렸다. 그러다 감 실장의 머리까지 탁하고 때리게 됐다. 머리통을 맞은 감 실장의 얼굴에 불이 붙었다.

"와, 내 진짜 못 참는다. 놔라."

소란이 커졌다. 주변에 팬들이 웅성거리며 몰려들기 시작했다. 어느새 공수 교대 시간이 끝나고 9회 초 경기에 들어가게 됐다.

이거 시끄러워지겠다. 문 팀장과 눈이 마주쳤다. 동시에 인상을 썼다. 재수 없으면 중계 카메라에 잡힐지도 모른다. 문 팀장이 이 과장 옆구리를 쿡 찌르더니 가보라는 제스처를 보냈다. 참나, 왜 나한테.

할 수 없이 이 과장이 현장으로 달려갔다. 현장은 일촉즉발의 위기 상황이었다.

"놔라. 내가 오늘 이 아줌마 치고 때려치우련다."

"이런 호로자슥을 봤나. 그래, 한번 팬을 쳐봐라. 이놈의 구단 앞잡이야!"

"내가 무슨 구단. 나는 나야!"

아줌마와 감 실장이 서로 고래고래 소리를 질렀다.

아, 이거 카메라에 잡히겠는데. 인상을 쓰면서 감 실장을 말렸다.

"실장님, 일단 철수하시죠."

이 과장을 본 아줌마가 소리를 질렀다.

"그래, 이 과장. 너였구나. 뒤에서 조종하던 게. 용 단장이 시켰더냐. 말해봐라. 나 감시하라고 니네 단장이 시켰냐고."

"아니, 저 그게…….."

화살이 이 과장을 향했다. 싸다구 콤비도 양옆에서 적군을 바라보는 눈빛으로 쏘아봤다.

아이씨, 다들 왜 이래. 멀리 문 팀장을 찾아봤지만 이미 어디로 도망갔는지 시야에서 사라졌다.

"아주머니, 일단 진정하시고 저기, 나중에 얘기하시죠. 실장님도 진정하시고."

"나중은 무슨 나중이고. 난 하늘을 우러러 한 점의 부끄러움이 없는 사람이다. 지금 얘기해라."

고래고래 소리를 질러대는 아줌마를 무시하고 간신히 감 실장을 끌어냈다. 감 실장은 몸을 바둥거리면서 버텼다. 이 과장을 비롯한 장정 넷이 달려들어 겨우 말렸다.

감 실장을 방송실에 앉히고 찬물을 건넸다.

"과장님, 제가 진짜, 이렇게까지 하면서 돈을 벌어야 합니까, 네? 제가 뭘 잘못했습니까?"

감 실장은 눈물까지 글썽거렸다. 얼굴도 벌겋게 부어올랐다.

경기가 끝난 후 할 수 없이 이 과장이 직접 다시 아줌마를 찾아갔다. 아줌마는 관중석 한가운데에 떡 버티고 앉아 있었다. 자기가 무슨 독립투사라도 되는 줄 아나.

그래도 최대한 부드럽게 풀려고 했다. 맞서 봐야 피곤하다. 하지만 아줌마는 기본적으로 말이 통하지 않았다.

"내가 뭘, 대체 뭘 잘못했는데? 내가 어쨌다고 팬한테 이러나, 엉? 당장 용 단장 나오라고 해!"

아줌마가 관중석에서 고래고래 소리를 질렀다. 짐을 챙겨 그라운드를 빠져나가던 선수들도 쳐다볼 정도였다.

은근슬쩍 소주에 대해서 추궁했다. 살살 달래는 투로 말했다. 하지만 오히려 아줌마는 더욱 목청을 높였다.

"소주는 무슨 소주? 너 증거 있나? 증거 있냐고?"

발악하는 아줌마에게 할 수 없이 CCTV에 대해서 말을 했다. 녹화된 영상이 담긴 USB도 내밀었다. 그렇지만 역효과였다.

"니네들 지금 팬을 감시하나? 니들이 경찰이가? 언제부터 니들이 그리 기고만장해졌나?"

아줌마는 핏대를 세우며 소리를 질렀다. 아, 도저히 답이 없는 아줌마다.

결국, 별다른 소득 없이 아줌마를 돌려보냈다. 바깥에는 아줌마 친위대 녀석들이 기다리고 있었다.

"죄 없는 팬을 상대로 이게 무슨 짓입니까?"

불싸다구가 빨간 머리를 흔들며 항의했다.

"맞습니다. 팬들에게 고맙다는 말은 못 할망정, 감시나 하고. 이게 뭡니까?"

물싸다구 녀석도 으름장을 놓았다.

네네, 죄송합니다.

이 과장은 고개를 숙였다. 오늘도 죄송한 사람은 나다.

분했지만 어쩔 수 없었다. 친위대는 더욱 기고만장해져
서 일장 연설을 늘어놓았다.

휴, 팬이라는 이름이 그렇게 대단하냐. 이 과장은 진절
머리가 났다. 이럴 땐 팬들이 전부 미워진다.

또다시 경위서다.

이번엔 정말 억울했다. 대책을 찾으라고 해서 찾았고,
문 팀장에게 보고까지 마친 사안이다. 그런데 대체 이게
왜 내 책임인가.

꼬깔콘 아줌마와 감 실장이 대판 붙은 장면은 중계 카
메라에 잡혔고, 바로 그날 포털사이트 히트 영상에 올랐
다. 기본적으로 사람들은 싸움 구경을 좋아한다.

용 단장도 바로 불을 토해냈다.

"야, 이 답답한 사람들아. 일을 조용히 처리해야지. 어
디 동네방네 광고하고 다니냐?"

문 팀장과 함께 끌려가서 실컷 욕을 먹었다.

"이 과장, 기자들한텐 뭐라고 둘러댈까? 기사 쓴다고
자꾸 물어오는 통에 아주 피곤해. 요즘 인터넷 언론들은
컨트롤도 안 돼."

홍보팀장도 고개를 절레절레 흔들며 이 과장을 독촉
했다.

더군다나 꼬깔콘 친위대들이 번갈아가면서 구단 사무실로 항의 전화를 하는 통에 업무도 마비됐다. 어디서 들었는지 '채증'이라는 단어도 등장했다.

'팬을 불법 채증하는 프런트는 반성하라. 우리 뒤엔 수십만의 드래곤스 팬들이 있다'라고 쓴 항의 팩스도 들어왔다.

이 과장은 '채증'이라는 단어를 이번에 처음 알았다. 불법으로 사생활을 촬영했다는 뜻이었다.

기가 막혔다. 정치인도 아니고. 무슨 이런 어이없는 선동을 하는지. 요즘 공공장소에는 어디나 CCTV가 설치돼 있다. 안전을 위해서다. 더군다나 야구장처럼 한꺼번에 많은 인원이 몰리는 곳은 두말할 필요가 없다. 야구장 입구에 설치를 알리는 안내문도 붙어 있다.

하지만 성난 대중에겐 이성적인 설명이 먹히지 않았다. 그냥 잠자코 머리를 숙이고 있을 수밖에. 기본적으로 야구계에서 프런트는 악역이다. 팬을 탄압하는 고지식한 집단이다.

그래서 이 과장이 경위서를 쓰는 것으로 내부에서 정리가 된 것이다.

"이 과장, 회사 생활하다 보면 이런 일도 있는 거야. 이 과장이 이해해."

문 팀장이 위로한답시고 건넨 말에 더 약이 올랐다.

"팀장님, 팀장님은 그때 대체 어디로 도망치신 거에요?"

눈을 치켜뜨며 쏘아붙였다.

"도망치긴 누가 도망을 쳤다는 거야? 멀리서 대책을 세우고 있었는데."

문 팀장 얼굴이 빨개졌다.

끝내 문 팀장과도 언성을 높이게 됐다.

"이 과장, 대체 팀장을 뭐로 보는 거야?"

이런 말까지 나왔다.

휴, 저절로 한숨이 나왔다.

애초에 왜 여기서 이딴 일을 하고 있는 건지. 야구 같은 지루한 공놀이에 내 인생을 낭비할 필요가 있냔 말이다.

감 실장이 했던 말이 생각났다. 이렇게까지 하면서 돈을 벌어야 하느냐는 말. 지금 자신에게 묻고 싶은 말이다.

경위서는 팽개치고 일찌감치 퇴근했다. 머리가 복잡했다.

민 차장이 위로주를 산다면서 따라나섰다.

"이 과장, 회사 생활이라는 게 말이야……."

민 차장의 말을 흘려들으며 오징어를 질겅질겅 씹었다. 그리고 목으로 소주를 털어 넣었다. 소주가 하나도 쓰지 않았다. 연달아서 넘겨버렸다.

이렇게 사는 게 맞는 걸까. 회의가 밀려왔다. 내 인생은 대체 어디로 가는 걸까.

민 차장 말에 대충 대답하면서 소주잔을 넘겼다.

2차를 가자고 늘어지는 민 차장을 간신히 뿌리쳤다. 그렇게 술을 마셨는데도 정신은 또렷했다.

멍하니 주변 풍경을 쳐다봤다. 그날 밤도 광장 농구대에선 사람들이 땀을 흘리며 농구를 하고 있었다.

그 너머 잡화점 스피커에서 노랫소리가 흘러나왔다.

······일어나 앞으로 나가, 네가 가는 길이 길이다.
브라보, 브라보, 마이 라이프, 나의 인생아.
지금껏 달려온 너의 용기를 위해.
브라보, 브라보, 마이 라이프, 나의 인생아······

브라보는 개뿔, 이따위 인생이 무슨 브라보냐.

옆에 뒹구는 캔을 걷어찼다. 캔은 휙 날아가 농구대 옆의 고등학생 무리 중 한 명을 맞혔다. 무리가 동시에 이 과장을 째려봤다.

정신이 번쩍 들어 바로 손을 들어 미안하다는 제스처를 보냈다. 요즘 가장 무서운 건 어린 녀석들이다. 저런 녀석들은 무조건 조심해야 한다.

슬금슬금 뒷걸음질하며 자리를 피했다.

휴, 십년감수했네. 식은땀을 닦았다.

이 과장은 근처 벤치에 널브러져 앉았다. 그리고 멍하니 지나가는 사람들을 쳐다봤다. 팔자도 좋다, 저 사람들은. 콧등을 비비며 중얼거렸다. 다들 아무 걱정 없이 잘 사는 것 같았다.

하늘에서 나뭇잎 하나가 떨어져 코를 간지럽혔다. 에취, 크게 재채기가 나왔다. 처량한 내 팔자야. 그만 자리에서 일어서려 했다.

그때 멀리서 익숙한 실루엣이 보였다. 실루엣은 길 건너편 저만치에서 슬슬 모습을 드러냈다. 위풍당당한 발걸음, 그 위에 삼각형 모자를 씌우면…… 꼬깔콘 아줌마였다.

얼굴엔 잔뜩 미소를 띤 채 오른손엔 검은색 비닐봉지를 흔들며 성큼성큼 걷고 있었다.

흠, 저 아줌마가 남의 속은 잔뜩 긁어놓고, 혼자만 신이 나서 대체 어디를 가는 건지.

이 과장은 이를 바득 갈았다. 원수는 외나무다리에서 만난다더니. 아줌마, 오늘 잘 만났다.

아줌마가 걸어가는 쪽으로 자연스럽게 시선이 따라갔

다. 아줌마는 성큼성큼 걸어 광장을 건너가더니 광장 끝에 있는 커다란 건물로 쏙 들어갔다. 건물 위를 쳐다보니 초록색 십자가가 보였다. 광장에 있는 종합 병원이었다.

병원? 저 아줌마 혹시 어디 아픈 거 아니야?

잠시 망설이다 따라가보기로 했다. 호기심이 앞섰다. 발걸음이 저절로 그곳으로 향했다.

이 과장은 병원 건물 앞에서 몸을 숨기고 안을 훔쳐봤다. 저 멀리 아줌마의 뒷모습이 보였다. 아줌마는 기분이 좋은지 비닐봉지를 공중에 휙휙 돌리고 있었다. 그리고 엘리베이터 문이 열리자 그 안으로 사라졌다. 다행히 이 과장은 못 본 것 같았다. 엘리베이터는 7층에서 멈췄다. 이 과장은 층수를 확인하고 계단으로 올라가기로 했다. 정면으로 마주치는 일만은 피하고 싶었다.

마주치기라도 한다면 아줌마가 또 얼마나 난리를 칠까. 생각만 해도 귀가 쩌렁쩌렁 울리는 기분이었다. 뭐, 병원은 누구라도 올 수 있는 곳이니까, 대충 둘러대면 되겠지.

비상계단을 오르다 보니 저절로 헉헉 숨이 가빠졌다. 그나마 최근 아침마다 축구공을 가지고 운동을 한 덕에 예전보다 체력이 조금은 좋아진 것 같아 다행이었다.

7층에 도착해 비상구 문을 빼꼼히 열었다. 병원 특유의 냄새가 훅 풍겼다. 아, 병원은 질색인데. 인상을 쓰면서 천천히 문 사이로 빠져나왔다. 다행히 아줌마는 보이지 않았다.

7층은 분위기가 좀 특이했다. 일반 병동과는 어딘가 달랐다. 여기저기 아이들이 웃고 떠드는 소리가 들렸다. 밝은 분위기였다.

바로 앞에 있는 병실을 슬쩍 들여다보니 침대에 초등학생으로 보이는 여자아이가 앉아서 웃고 있었다.

"아빠, 그럼 진짜 인어공주 사줄 거지? 몇 밤 자면 돼?"

"그럼, 그럼. 이제 다섯 밤만 더 자면 돼."

"우와, 우리 아빠 최고."

여자아이는 환하게 웃으며 아빠로 보이는 남자의 품에 안겼다. 아이는 흰색 환자복을 입고 있었다.

아, 여기는 아동 병실인가 보구나. 이 과장은 어렴풋이 생각했다. 동시에 당혹스럽기도 했다. 아줌마가 7층에 내린 게 맞을까, 의심됐다. 맞는다면 그 아줌마가 대체 왜. 아줌마 나이를 계산해본다면…….

생각하면서 자연스레 발걸음을 옮겼다. 복도에 울리는 발소리가 유난히 크게 들렸다.

그때 어디선가 익숙한 목소리가 들렸다. 저 목소리는…… 이 과장은 목소리가 들리는 쪽으로 향했다. 복도 끝에 있는 병실이었다.

"그래, 동철아. 맞다카이. 오늘도 드래곤스가 이겼다 아이가. 니도 텔레비로 봤지? 8회 동점에서 홈런을 치는데 얼마나 닭살이 돋았는지 아나?"

소리를 따라 안을 들여다봤다. 정면으로 어떤 남자아이가 손뼉을 치는 모습이 보였다. 아이는 세상에서 가장 재미있는 이야기를 듣는 것 같은 표정을 지으며 귀를 쫑긋 세우고 있었고, 아이의 머리에는 드래곤스 로고가 새겨진 조그만 파란색 털모자가 쓰여 있었다. 그리고 아이의 맞은편에서 신나게 떠들어대며 이야기하는 뒷모습, 바로 꼬깔콘 아줌마였다.

"그래서, 할머니, 그다음엔? 마지막엔 누가 막았어?" 아이가 눈을 반짝였다.

"8, 9회 땐 당연히 심장 듀오지. 공격에서 역전했으면 우리 드래곤스 마무리가 나서야 한다 아이가. 특히 마지막에 뱀 같은 직구를 몸쪽으로 빡, 꽂는데 정말 속이 시원하더라. 할머니도 얼마나 소리 질렀는지 아나."

"진짜? 우와, 대박. 할머니, 그럼 심장 듀오하고도 친해?"

"그럼, 하모. 걔네 신인 때부터 이 할머니랑 바로 친해졌다 아이가. 야구장에서 나만 보면 바로 달려와 90도로 인사하는 게 걔들이다."

아줌마가 가슴을 쭉 펴면서 말했다.

"그럼, 할머니, 나중에 나 사인볼 꼭 받아다 줘야 해, 알았지?"

"그럼, 그럼. 걔네뿐이냐. 올해 새로 온 용병 있잖아. 그 호세인가 뭔가 하는 놈. 그놈 것도 받아놨다."

"우와, 할머니, 최고!"

아이가 아줌마의 품에 안기더니 볼에 입을 맞췄다. 아줌마가 환하게 웃는 옆모습이 보였다.

아, 저런 표정도 있었구나. 아이를 품에 안은 채 웃고 있는 아줌마를 멍하니 바라보며 생각했다.

이 과장은 그런 아줌마의 모습을 잠시 지켜보다가 조용히 돌아섰다. 그리고 병원 밖으로 나와서 크게 한숨을 쉬었다. 광장 벤치에 앉아 멍하니 정면을 바라봤다. 농구대 앞엔 아직 사람들이 꽤 있었다. 농구 코트 한구석에선 아이들이 녹색 테니스공을 주고받고 있었다. 이 과장은 그들이 공놀이하는 모습을 초점 없이 쳐다봤다. 멀리서 오래된 가요가 흘러나왔다.

문득 야구라는 공놀이에 대해서 생각해봤다. 한낱 공놀이에 불과한 야구에 의미를 더하는 건 사람이 아닐까. 그 공놀이를 보면서 누군가는 울고 웃는다. 그렇게 하루하루가 흘러간다.

이 과장이 야구단에 들어와 처음 경기장을 둘러보던 날이 생각났다. 야구장을 그렇게 가까이에서 보는 건 난생처음이었다. 신기한 마음에 핸드폰으로 사진을 잔뜩 찍었다.

멀리 건물 위에 달린 녹색 십자가가 눈에 들어왔다. 왼쪽 가슴에 손을 얹었다. 왠지 찌릿한 느낌이 들었다.

주머니를 만지작거리다가 그 안에 들어 있는 조그마한 USB를 꺼냈다. 이 과장은 잠시 그것을 내려보다 바로 옆에 있는 쓰레기통에 던졌다. 그리고 크게 한번 숨을 쉰 뒤 자리를 박차고 일어났다.

협상은 극적으로 타결됐다. 결국 양쪽에서 모두 한 발씩 물러서기로 했다.

감 실장이 먼저 아줌마에게 사과했다.

"죄송합니다. 제가 그때 너무 흥분해서……."

넙죽 고개를 숙였다.

아줌마도 소주 반입은 하지 않기로 했다. 호루라기도 사용하지 않기로 했다.

"내 그따위 호루라기 같은 거 없어도 끄떡없다."

아줌마에겐 구단에서 마련한 대형 사인볼을 선물했다. 그래도 구단에서 팬과 싸울 수는 없지 않나, 이 과장이 문 팀장을 설득했다. 아줌마도 시원하게 협상에 응했다.

문 팀장과 아줌마, 둘이 악수하면서 이번 일을 마무리하기로 했다. 이 과장은 카메라를 들고 두 사람에게 포커스를 맞췄다. 프레임 안에 맺힌 아줌마의 얼굴을 잠시 쳐다봤다. 아줌마는 카메라를 보면서 활짝 웃었다.

그래요, 아줌마도 웃는 게 제일 예쁘네요.

이 과장은 셔터에 손을 올렸다.

"자, 그럼 찍겠습니다. 하나, 둘, 셋."

프레임 안의 두 사람이 이 과장을 쳐다보면서 잇몸을 드러냈다.

이 과장은 셔터를 눌렀다. 카메라에서 찰칵하는 소리가 났다.

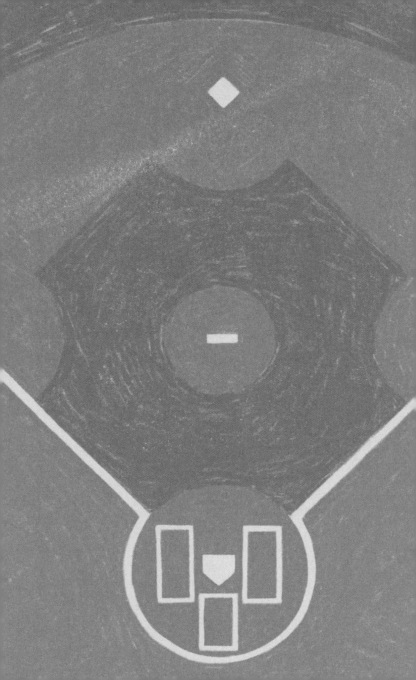

#5 불펜 포수와 용병 에이스

"빨리 짐 풀고 나마비루나 땡겨야지, 아함~"

현삔이 나른하게 하품을 하며 말했다. 왼손으로 배를 출렁거리며 쓰다듬었다. 나마비루는 생맥주를 뜻하는 일본 말이다.

"뭘 보나, 찰쓰~"

웃으니 턱살이 쭉 늘어졌다. 지난겨울 동안 살이 더 찐 것 같았다.

현삔의 본명은 연예인과 같은 현빈. 하지만 아무도 본명을 부르는 사람은 없다. 다들 현삔, 현삔, 하고 부르다 보니 입에 익었다. 고등학교 졸업 후 바로 불펜 포수로 취직해서 8년째 자리를 지키고 있는 나름 베테랑이다.

공항 컨테이너 벨트에서 아직 짐이 나오기 전이었다. 선수들은 멀찍이 떨어져서 장난을 치고 있었다. 오랜만에 만났다는 흥분된 분위기가 공기중에 퍼졌다. 현뻰은 지루한지 코를 후비적거렸다. 잠시 후 벨트가 돌아가기 시작했다.

올해도 시작이구나. 양민철은 돌아가는 검은색 고무벨트를 보면서 생각했다.

짐을 다 싣고 버스에 오르니 일본인 버스 기사 아저씨가 반겨줬다.

"하이, 양상, 오네가이시마쓰!"

활짝 웃으니 검게 그을린 이마에 주름살이 생겼다. 아저씨 이마에도 일 년 새에 주름이 늘었네. 양민철은 아저씨와 악수를 하면서 생각했다.

창밖으로 이국적인 오키나와 풍경이 지나갔다. 길가엔 야자수 나무가 심어져 있었고, 곳곳에 선인장이 보였다. 멀리 탁 트인 바다도 눈에 들어왔다.

휴~ 하고 커다랗게 한숨을 쉬었다. 벌써 겨울이 끝나고 캠프라니. 올해는 꼭…… 양민철은 열대 풍경을 보면서 입술을 깨물었다.

양민철의 직업은 불펜 포수. 프로 선수들의 공을 받는 일이다. 하지만 말만 불펜 포수지, 실상은 갖은 잡일을 하

는 집사다. 불펜 포수들끼리는 서로를 '잡부'라고 부르며
쓴웃음을 짓는다.

양민철은 군에서 제대하고 바로 이 일을 시작했다. 군
대에서 결심했다. 제대한 후에는 무슨 일을 하든지 최선
을 다하겠다고. 나도 이제 어린애가 아니니까. 더는 프로
선수도 아니고.

다행히 입대 전 뛰던 무진 드래곤스에서 불펜 포수 자
리가 났다는 연락을 받았다. 전에 일하던 녀석이 입대하
면서 생긴 자리라고 했다.

불펜 포수라니…… 처음엔 거부감이 들었다. 이래 봬
도 프로 출신이다. 나름 마운드에도 서봤다. 비록 2군
의 마운드였지만. 그런데 후배들 볼이나 받아야 한다
니…….

하지만 곧 고개를 도리도리 저었다. 지금 뭘 가릴 처지
가 아니라는 현실감이 들었다. 야구를 떠나지 않아도 된
다는 점 또한 마음에 들었다. 특별히 할 일이 없기도 했
다. 양민철처럼 프로에서 빌빌거리다 방출된 선수 출신
들은 몸을 쓰는 것밖에 할 일이 없었다. 어차피 몸 쓰는
일을 한다면 야구장과 가까이 있고 싶었다.

미영도 마음에 걸렸다.

"야, 너 제대하면 정신 똑바로 차려. 안 그러면 확 차버

릴 거야."

휴가 때마다 미영은 귀에 딱지가 앉도록 잔소리를 퍼부었다. 대충 후벼봐도 잔소리의 여운은 귀에 붙어 떨어지지 않았다.

쳇, 내 팬이라면서 따라다니던 주제에.

괜히 허세를 부려봤지만, 양민철도 느끼고 있었다. 미영이 말한 현실.

미영과는 고등학교 때부터 사귀었다. 학생 때는 팬이랍시고 졸졸 따라다니더니 백화점에 취직한 뒤로는 콧대가 높아졌다. 옷차림도 점점 화려해졌다. 양민철이 이것저것 얻어먹는 형편이 됐다. 언제부턴가 미영 옆에 서면 주눅이 들었다.

그래, 까짓것 한번 해보자.

그렇게 시작한 지 벌써 5년이다. 스프링캠프도 다섯 번째다.

그동안 양민철의 나이는 파릇한 이십 대 중반을 지나 후반으로 가고 있었다. 괜히 몸이 찌뿌둥한 것 같아서 어깨를 돌려봤다. 특히 오른쪽 어깨에 신경을 썼다. 음……다행히 통증은 없다.

멀리 호텔이 보였다. 익숙한 노란색 간판이 맞아줬다. 간판 너머 한국어로 '명문 구단 무진 드래곤스를 환영합니다'라고 쓰인 깃발이 펄럭였다. 벌써 10여 년이 넘게 이어지는 인연이다 보니 호텔에서도 단골 대우를 해준다.

선수단 짐을 대충 정리하고 호텔 방에 들어와 쓰러져버렸다. 선수들은 이미 방으로 들어간 지 한참 지난 후였다.

"야, 찰쓰, 오늘 유니폼 정리 대충하고 바로 나가자. 깡형이 마루상네서 한잔 쌔리잔다."

현삔이 침대에 걸터앉아 손으로 잔을 꺾는 흉내를 냈다.

"야, 나 술 끊었다니까."

양민철의 말에 현삔이 눈을 휘둥그레 떴다.

"아니, 그 좋은 걸 왜 끊냐. 우리 같은 놈들이 술까지 끊고 어떻게 사냐."

"그냥 안 마시려고."

"미친놈, 다이어트하냐? 여하튼 첫날이니까 빼지 마라. 와서 안주 빨이나 세우든지."

현삔은 말을 마치자마자 침대에 몸을 던졌다. 곧바로 드르렁거리며 코 고는 소리가 들렸다. 금붕어보다 빨리 잠이 드는 녀석이다.

양민철은 커다란 유리문을 열고 베란다로 나갔다. 쏴아— 쏴아— 파도 소리가 들렸다. 바닷가에서는 몇몇 사람들이 사진을 찍으며 꺄아 하고 소리를 지르고 있었다. 아직 날씨가 추워서 해수욕을 하는 사람은 없었다.

나마비루라, 당기긴 하는데…… 양민철은 입맛을 다시다 고개를 세차게 저었다. 아니다, 올해는 안 된다. 배에 기합을 넣고 바닷가를 향해 크게 야호~ 하고 소리를 질러봤다. 바닷가에 있던 사람들이 고개를 들고 쳐다봤다.

캠프 첫날은 선수들의 유니폼을 정리하는 게 주요 업무다. 본격적인 캠프는 다음 날부터 시작이다. 아침 8시 50분 시작하는 워밍업에 맞춰 준비해야 한다.

선수 등 번호에 맞춰 유니폼을 포함한 장비들을 쭉 정렬했다. 다음 날 아침 선수들이 바로 가져갈 수 있도록 미리 깔아놓는 것이다.

"아따, 이 새끼, 등빨 끝내주네."

현삔이 등 번호 44번 유니폼을 자신의 몸에 대면서 말했다. 한 덩치 하는 현삔의 몸이 가려질 정도였다. 등 번호 위엔 '호세'라는 이름이 하얀색으로 새겨져 있었다.

"그래? 한번 줘봐."

양민철도 몸에 맞춰봤다. 어깨가 한 뼘씩은 더 컸다.

"진짜 등빨 죽이네."

양민철도 감탄했다.

"근데 이 늙다리 깜댕이를 어디에 쓴다고 데려왔는지, 원."

현삔이 혀를 끌끌 찼다. 깜댕이라는 말이 귀에 거슬렸

지만 못 들은 척했다. 사실 양민철도 같은 생각이었다.

호세 로드리게스라면 타이거즈에서 단물 다 빠진 늙다리 퇴물 아닌가. 기사를 보니 곰 감독이 경험을 중요하게 생각해서 데려왔다는데, 그러니까 그 사람이 미련탱이 곰 감독인 거다.

"찰쓰, 너 형님이 주는 것도 안 먹을 거가?"

깡형이 눈썹에 힘을 주면서 재차 권유했다.

"형님, 그냥 저희끼리 건배하시죠. 애는 다이어트한다나 봅니다."

"다이어트는 사내놈이 뭔 놈의 다이어트? 하려면 현삔 너나 해라."

깡형이 현삔의 배를 꾹 눌렀다.

"형님, 전 일상이 다이어트의 연속 아니겠습니까, 형님."

현삔이 두 손을 비비며 말했다. 양민철은 어색하게 따라 웃으며 꼬치구이 하나를 들고 와사비에 푹 찍어서 입에 가져갔다. 매년 오키나와에 올 때마다 먹는 꼬치구이였지만 맛 하나는 여전했다. 가게 곳곳에 한국 선수들의 사인도 있었다. 야구인들의 단골집 같은 곳이다.

"올해는 몸이 좀 어떠십니까? 컨디션 좋아지셨다고 소

문이 자자합니다, 형님."

현삔이 입가에 묻은 맥주 거품을 닦으며 물었다. 이미 몸은 깡형에게 향해 있었다.

"말을 마라. 인마. 어깨 한번 다치니까 낫질 않는다. 재활이 얼마나 토 나오는지 아나."

깡형은 오른 어깨를 주무르며 인상을 썼다.

"그래도 이번엔 어떻게 선발 한자리 안 되겠습니까, 형님. 이번에 용병도 시원찮던데요."

"뭐, 함 봐야지."

깡형은 손을 저으면서도 기분이 좋은 듯 씨익 웃었다.

"잘될 것 같습니다. 늙다리 깜시 하나는 바로 바닥에 깔고 가는 거 아니겠습니까, 형님."

현삔의 말에 깡형은 바로 푸하하, 웃음을 터뜨렸다.

"하긴 그 비열한 놈보단 내가 낫지. 금마 다리 두 번 떨면서 이중 키킹한다 아이가. 그거 메이저에선 바로 부정 투구야, 부정 투구."

깡형이 다리를 두 번 떨면서 흉내를 냈다. 새로 팀에 합류한 호세를 두고 하는 말이었다. 호세의 투구 폼은 상당히 독특했다. 다리를 두 번 터는 동작은 부정 투구 논란을 빚기도 했다. 하지만 일관성이 있어서 괜찮다는 게 심판진의 해석이었다. 그래도 논란은 매년 되풀이됐다. 물론 호세의 기량이 떨어지면서 논란은 자연히 잠잠해졌지만.

깡형은 기분이 좋은지 맥주를 벌컥벌컥 들이켰다. 그리고 바로 주방을 향해 소리쳤다.

"보스, 여기 나마비루 하나하고, 나베에 고춧가루 좀 팍팍 뿌려주이소."

머리에 수건을 두른 마루상이 곧 "하이!" 하고 고춧가루통을 들고 나타났다. 한국 팀이 단골이다 보니 한국말로 해도 잘 통했다.

팀의 에이스였던 깡은 고등학교 졸업 후 혜성처럼 나타나 마운드를 지켰다. 지역 출신 고졸 에이스의 등장은 팬들의 마음을 뜨겁게 했다. 지역의 프랜차이즈 스타 대접을 받았다. 사인회에서는 그 앞에 늘어선 줄이 언제나 가장 길었다.

하지만 딱 4년이었다. 150킬로미터가 넘는 강속구를 던지던 어깨는 금세 삑, 고장이 났다. 그 이후로 지루한 재활의 연속이다. 복귀했다가 다시 부상으로 빠지는 상황이 계속되었다. 구속도 뚝 떨어지고, 매스컴의 관심도 멀어졌다. 깡은 빠르게 주변으로 밀렸다.

그래도 양민철과 현삔 같은 불펜 포수를 살뜰히 챙겨주는 사람이다. 매년 캠프마다 맛있는 음식을 사주고 운동화 같은 선물도 줬다.

양민철도 처음 깡형이 술을 사줬을 때는 신기했다. TV에서나 보던 대스타를 실제로 보고, 더군다나 같이 술까지 먹다니. 직업에 대해서 자부심도 생겼다.

하지만…… 양민철은 깔깔거리고 웃는 깡형을 보면서 생각했다. 올해는 목표가 있다.

2차를 가자는 깡형의 요청을 뿌리치고 방으로 왔다.

"찰쓰, 이건 배신이야, 배신."

이미 눈이 풀린 현삔도 서운한 듯 졸라댔지만 양민철은 고개를 돌렸다.

방에서 옷을 갈아입고 운동화 끈을 조였다. 그리고 리조트 산책길로 나가 서서히 달리기 시작했다. 본격적인 훈련은 내일부터다. 오른쪽 어깨를 살짝 돌려봤다. 다행히 컨디션은 괜찮은 것 같다.

슬슬 피치를 올렸다. 옅은 입김이 퍼졌다. 2월의 오키나와 밤은 아직 서늘했다.

천천히 투구 수를 늘릴 계획이다. 캠프가 40여 일이니까 그동안 꾸준히 늘린다면…… 양민철의 머릿속은 이미 혼자 몰래 세운 계획으로 가득했다.

지금은 불펜에서 다른 선수들의 볼을 받고 있지만, 원래는 양민철도 투수였다. 고등학교 시절 강속구 투수로 나름 이름을 날렸다. 황금사자기 준결승에 올랐을 때는 스포츠 기자와 인터뷰도 했다. 인터뷰가 나온 신문을 오려서 스크랩해놓고는 신기해서 한참 쳐다봤다. 컨트롤이 좀 엉망이었지만 구속 덕분에 프로 지명을 받았다. 잠재력을 인정받았다는 뿌듯함이 있었다.

하지만 그놈의 어깨가 문제였다. 한순간이었다. 찌릿하는 느낌이 오더니 회복이 안 됐다. 점점 통증이 심해지더니 어깨를 올리기만 해도 아파서 비명이 나올 지경이 됐다.

일 년 정도 2군 트레이너 짱구 형과 재활에 매달렸다. 매일 반복되는 재활이 지겨웠다. 괜히 짱구 형을 미워하기도 했다. 일부러 괴롭힌다고 생각했기 때문이었다. 지금 생각하면 참 철없던 시절이었다.

그리고 딱 1년 만에 구단에서 방출됐다. 어느 날 2군 매니저가 벤치로 부르더니 통보했다.

"미안하다. 민철아. 이런 말 하는 나도 괴롭다. 그런데 형도 힘이 없네."

사람 좋은 매니저는 눈물까지 글썽거리며 말했다.

알고 있다. 이게 현실이라는 걸. 어렴풋이 자신의 한계를 깨닫던 중이었다. 하늘 높이 떠 있는 태양을 꿈꿨으나 현실은 그게 아니라는 걸.

하지만 받아들이기 쉽지 않았다. 평생 야구밖에 몰랐는데. 이제 어떻게 해야 하나.

그랬던 어깨가 안 아프다는 느낌을 받은 게 작년 봄이었다. 캐치볼을 던져줄 때 찌릿하던 느낌도 사라졌다. 일이 끝나고 혼자 공을 던져봤다. 처음엔 조심조심 던졌다. 팔을 돌려보기도 했다. 아직 아팠던 기억이 남아 있었다.

음, 느낌이 괜찮았다.

현삔에게 부탁해서 투구 연습을 해보기도 했다. 조건은 소개팅이었다. 미영을 졸라서 백화점 동료를 소개받았다.

"근데 너, 이제 와 공을 던져서 뭐 하려나 모르겠다."

현삔은 볼을 부풀리며 툴툴거렸다. 그래도 소개팅이 제법 잘됐는지 기분은 좋아 보였다.

그리고 다시 캠프가 시작됐다.

다음 날은 본격적인 캠프의 첫날이었다. 양민철을 포함한 보조요원들은 해가 뜨기도 전에 후딱 아침을 털어 넣고 훈련장으로 나갔다. 우선 그라운드 정비를 해야 했다. 드래곤스 선수들이 쓰는 운동장은 겨울 동안 방치된 상태였다. 현지인들이 꾸준히 정비한다지만 아마추어 수준이었다. 한동안 손이 바쁠 것이다.

각 베이스 뒤에 그물망을 깔고 나니 하나둘 선수들이 출근하기 시작했다.

"안녕하십니까. 선배님!"

가장 빠르게 출근한 신인 선수들이 90도로 인사를 했다. 양민철도 살짝 고개를 숙이며 답례했다.

사실 처음엔 적응이 안 됐다. 후배들 앞에서 잡일을 하는 자신이 부끄러웠다. 그래도 선배인데, 이런 일까지 해야 하나 싶었다.

"그런 생각 하면 누가 알아주기나 하냐."

현삔에게 쓴소리를 듣기도 했다.

하지만 지금은 익숙하다. 감정을 접고 할 일을 할 뿐이다. 이게 내 일이니까.

멀리 외국인 선수들도 나타났다. 검정 피부의 호세가 길게 땋은 머리를 출렁거리며 걸어왔다. 덩치가 커서 눈에 띄었다.

정확히 8시 50분에 모든 선수가 원을 그리며 동그랗게 섰다. 파란색 선글라스를 낀 수석코치가 원의 가운데 서서 선수들에게 캠프 전달사항을 말해줬다. 짬밥에 따라 선수들의 반응이 달랐다. 신인들은 군기가 바짝 들었지만 깡형 같은 중고참들은 뒤에서 실실거리며 듣고 있었다.

"자, 무엇보다 다치지 말고. 알았나? 그럼 다들 구호 넣으면서 시작하자. 하나, 둘, 셋!"

다들 아자, 하면서 기합을 넣고 스트레칭을 시작했다. 멀리 곰 감독이 점퍼를 목까지 끌어올리고 선 채 커다란 어깨를 들썩거리면서 훈련을 지켜보고 있었다.

양민철은 스트레칭하는 선수들을 보면서 다음 훈련을 준비했다. 오늘은 아마 바쁜 하루가 될 것이다.

선수들 장비까지 정리하고 나니 벌써 어둠이 깔리기 시작했다. 배에서 꼬르륵거리는 소리가 났다.

"찰쓰, 오늘도 한잔 꺾어야지."

훈련 때는 조용하던 현삔이 눈을 초롱초롱 빛냈다. 해가 지면 살아나는 뱀파이어 같은 녀석이다.

"미안. 이번 캠프에선 정말 술 안 마시려고."

"야, 술 안 마시고 뭐 하게. 너 혼자 빠찡꼬 돌리러 갈라 그러지?"

"병신, 내가 돈이 어딨냐."

대충 현삔을 떼어놓고 재빨리 저녁을 먹었다. 그리고 바로 방으로 돌아왔다. 술이라면 질리도록 마셨다. 이젠 다른 데 집중하고 싶다.

샤워하고 침대에 누웠다. 다리를 쭉 펴니 정신이 아득해졌다. 아직은 시간이 이르다. 잠깐 눈 좀 붙이자.

다시 눈을 뜨고 시계를 봤다. 밤 9시.

이 정도면 아무도 없겠지. 옷을 갈아입고 글러브를 챙겼다. 현뺀의 침대는 비어 있었다. 짜식, 아주 신났구먼. 다이어트한다고 오버하더니 매일 술이다.

현뺀 침대 이불을 가지런히 정리해주고 밖으로 나갔다.

예상대로 훈련장은 텅 비어 있었다. 마지막 타격 조까지 훈련을 마친 지 꽤 지났다. 캠프는 기본적으로 체력 훈련이다. 오전부터 훈련하다 보면 입에서 단내가 난다. 지금 시간이면 선수들 모두 곯아떨어져 있을 것이다.

초록색 그물망 하나를 들어서 포수 플레이트 뒤에 세웠다. 조명탑이 꺼져 있어 어두웠지만 안 보일 정도는 아니었다. 그리고 어두운 편이 차라리 낫다. 누가 보면 괜한 참견을 할 수 있다. 특히 깡형 같은 잔소리꾼에겐 비밀로 하고 싶었다.

노란색 볼 박스를 들들 끌어서 가져왔다. 일단은 30개다. 서서히 던지는 공 개수를 늘릴 생각이다. 전력 피칭은 마지막 10개다.

우선 오른손에 수건을 들고 셰도 피칭을 시작했다. 멀리 풀벌레 우는 소리가 들렸다. 양민철의 그림자도 불빛을 따라 움직였다.

후~ 입으로 가볍게 호흡을 했다. 점점 템포가 빨라졌

다. 어깨 상태에 계속 신경을 쓰면서 연습했다. 아직은 어깨에 자신이 없다.

점점 동작에 빠져들었다. 가볍게 왼발을 차올리면서 오른팔을 뒤로 뻗었다가 앞으로 획 넘겼다. 몸은 뜨거워지고 잡생각이 사라졌다.

이런 순간이 좋았다. 잡념이 사라지는 순간. 미래에 대해 생각을 하면 머리가 지끈 아파진다. 특히 미영과는 어째야 하는지. 언제까지 이런 상황을 견뎌줄 수 있을까.

셰도 피칭을 끝내고 마운드에 섰다. 잠시 홈 플레이트 뒤편 그물망을 멍하니 쳐다봤다. 그물망 뒤편엔 깜깜한 어둠이 깔려 있었다.

현삔의 말이 생각났다. 지금 와서 뭘 하려는 걸까. 그래서 그다음은…….

아니다. 도리도리 고개를 저었다. 지금은 그냥 공을 던져보자. 최대한 좋은 폼으로 최선을 다해서.

크게 심호흡을 하고 공을 잡았다. 훈련용 공은 곳곳에 검은색 때가 묻어 있었다. 살짝 돌려보니 손가락에 촉촉한 습기가 묻어 나왔다.

자, 우선.

폼에 신경을 쓰면서 공을 던졌다. 촤악, 하고 그물망이 출렁거렸다. 가슴도 뻥 뚫리는 기분이었다.

하나, 둘, 셋…… 속으로 세면서 하나씩 공을 던졌다. 최대한 부드러운 폼을 유지하려고 했다. 깡형 같은 사람은 폼은 타고난 것이라지만, 난 그런 천재가 아니다.

짝짝짝, 박수 소리에 갑자기 정신이 들었다. 뭐지, 이 비현실적인 소리는.

소리가 나는 쪽을 쳐다봤다. 멀리 계단 위에서 어떤 사람이 손뼉을 치고 있었다. 커다란 키에 출렁거리는 머리가 눈에 익었다.

호세였다. 귀에는 블루투스 이어폰이 반짝였다. 음악을 들으며 러닝을 하는 모양이었다.

당황스러웠지만 꾸벅 인사를 건넸다. 아, 다른 사람한테 보여주기 싫은데.

호세는 엄지손가락을 치켜들더니 다시 러닝을 시작했다. 멀어지는 호세의 모습을 한동안 멍하니 봤다. 호세의 발걸음은 가벼워 보였다. 심야의 러닝이라, 자신만의 루틴인가…… 모든 프로 선수들이 그렇겠지만, 특히 외국인 선수들은 자신의 루틴에 철저하다. 코치들도 그들만의 루틴을 존중해준다. 양민철이 가장 부러워하는 부분이다.

그런데 혹시 호세가 다른 사람한테 이르면 어떻게 하지. 고바야시 투수코치가 떠올랐다. 그 원칙주의자 사감

선생이 잔소리를 퍼부을 텐데. 괜히 불이익을 받는 건 아닐지 걱정됐다.

모르겠다, 될 대로 되라지.

머리를 흔들고 다시 공을 집었다. 몇 개까지 던졌더라.

아이씨, 호세 때문에 까먹었다.

호세와는 다음 날 아침 러닝을 하면서 다시 만났다.

양민철은 해가 뜰 시간에 맞춰 러닝을 시작했다. 스스로 세운 계획이었다. 매일 아침 러닝을 하고 식사를 하러 간다는 계획. 양도 줄이고 샐러드와 단백질 위주로 먹을 생각이었다.

그런데 바닷가를 달리고 있을 때 멀리 호세의 뒷모습이 보였다. 커다란 키에 검은색 피부. 출렁거리는 머리를 흔들며 성큼성큼 달리고 있었다. 귀에는 여전히 빨간색 블루투스 이어폰이 빛났다.

뭐야, 저 사람. 혼자 뛰고 싶었는데.

괜히 심술이 났다. 하긴 이 길을 혼자 전세 낸 것도 아니니까.

호세의 발걸음이 가벼워 보였다. 러닝이라는 것도 폼이 중요하다. 호세는 달리기에 꽤 익숙한 것 같았다. 양민철은 자신의 폼을 돌아봤다. 좀 부자연스러운 것 같았다. 호세의 폼을 따라 해봤다. 몸이 좀 더 가벼워진 것 같았다. 그래도 괜히 마주치면 어색할 것 같아 최대한 멀리 거리를 벌리면서 달렸다.

그날 훈련에서 자연스럽게 호세에게 눈길이 갔다. 호세는 새로 팀에 합류해서 친한 선수가 없는지 대체로 혼자 훈련을 했다. 옆에는 항상 전담 통역인 제임스를 데리고 다녔다.

"꼴에 전담 통역은 무슨."

깡형은 가소롭다는 듯 혀를 끌끌 차기도 했다.

호세는 딱 자기가 할 훈련만 하고 숙소로 일찍 돌아갔다. 아마 이런 점들이 깡형에겐 더욱 거슬렸을 것이다. 구단도 외국인 선수들에겐 한없이 관대하다. 국내 선수들은 대체로 열외가 허용되지 않는다.

다행히 호세는 양민철의 개인 훈련에 대해 아무에게도 말하지 않은 것 같았다. 만약 누구 하나에게라도 말했다면 바로 현삔을 통해 양민철의 귀에 들어왔을 것이다. 하긴 아직 팀에 친한 사람도 없으니 말할 데도 없을 거다.

그래도 혹시 몰라서 제임스를 슬쩍 떠보긴 했다.

"저기, 호세 말이야, 밤이랑 새벽에 러닝을 하나 보던데. 산책하다가 우연히 봤거든."

괜히 켕겨서 마지막 말을 덧붙였다.

"원래 저 가이(guy)가 루틴이 철저하거든. 고집불통이야. it's terrible, man."

제임스는 짧게 자른 머리를 긁적이며 호탕하게 웃었다. 머리 양옆을 바짝 밀어 영화에 나오는 모히칸처럼 보였다. 재미교포라고 들었는데 중간에 영어를 섞어서 말했다. 양민철과는 동갑이어서 자연스럽게 친구가 됐다.

"기본적으로 까다로운 친구라니까. 나니까 맞춰주지. it's not easy at all."

제임스가 양민철의 어깨를 두드리며 말했다. 호세를 따라서 제임스도 드래곤스로 이적했다. 호세 통역으로만 5년째 일한다고 했다.

하긴 호세가 까다롭다는 소문은 양민철의 귀에도 들어왔다. 특히 한국 코치들과 갈등이 심했다고 들었다. 자신의 루틴을 지나치게 강조하면서 팀을 위한 희생을 하지 않는다는 게 소문의 요지였다. 자신만의 철저한 루틴은 야구를 잘할 때는 통했을지 몰라도 기량이 하락하니 바로 비수로 돌아왔다. 결국 팀에서 버림을 받았다.

제임스와 나란히 서서 호세가 훈련하는 걸 지켜봤다. 다른 선수들보다 한 뼘은 더 커다란 키가 눈에 띄었다.

호세 로드리게스라면 양민철도 잘 알고 있는 선수다.

타이거즈에서 무려 7년을 뛴 최고의 용병 에이스.

한때는 정말 무시무시한 공을 던지던 투수다. 시속 150킬로미터가 넘는 직구를 기본으로 다양한 변화구를 던졌다. 특히 그가 던지던 체인지업은 당시 한국 리그에선 낯선 구종이었다. 덕분에 리그를 지배할 수 있었다.

4년 전에는 리그 MVP도 차지했다. 배타적인 한국 리그에서 외국인 선수가 MVP를 차지한 것 자체가 드문 일이었다.

눈물을 글썽이며 소감을 말하던 모습이 화제가 되기도 했다.

"팬 여러분, 정말, 정말, 사랑한다잉~"

호세는 꽤 유창한 지역 사투리로 소감을 말했다. 덕분에 지역 팬들의 큰 지지를 받았다. 호형이라는 별명도 생겼다. 그만큼 한국에 잘 적응한 가족 같은 선수라는 의미일 것이다.

호세의 와이프도 화제였다. 호세만큼 훤칠한 키에 근사한 미소를 지을 줄 아는 이국의 미녀였다. 매스컴의 관심도 쏟아졌다.

그 대단했던 호세도 삼십 대 중반을 넘기니 힘이 뚝 떨어졌다. 슬슬 공이 맞아 나가더니 마운드에 서 있는 이닝이 짧아지기 시작했다.

그리고 결국 작년 여름 타이거즈에서 방출 통보를 받

았다. 지역 레전드 대우를 받던 선수를 내쫓은 구단에게 팬들의 항의가 이어졌다. 하지만 방출은 현실이었다. 프로는 냉정한 세계다.

고국 도미니카로 돌아가 윈터리그에서 재기를 노리던 호세를 다시 부른 팀은 타이거즈의 라이벌인 무진 드래곤스였다. 드래곤스 팬들은 반발했지만 구단은 호세의 경험을 중요하게 판단해서 영입했다고 설명했다.

물론 경험이라는 게 얼마나 통할지 의문이라는 사람이 많았다. 결국 이 바닥은 본인의 능력이 중요한 곳이니까.

호세의 배터리 포수는 현삔이 맡았다. 외국인 담당은 현삔이다. 외국인 선수들의 기분을 잘 맞춰주는 베테랑 불펜 포수다.

하지만 둘은 첫 캐치볼 훈련 때부터 삐걱거렸다. 현삔이 던진 공이 몇 개 옆으로 빠지자 호세가 짜증을 냈다.

"shit!" 하고 내지르는 소리가 양민철의 귀에도 들렸다. 현삔은 긴장했는지 다시 공을 빠뜨렸다. 양쪽 볼도 빨개졌다.

"저 깜시 새끼가 돌았나."

양민철과 캐치볼을 하던 깡형도 화가 나서 씩씩거렸다.

제임스의 말처럼 예민한 사람이구나. 양민철도 실감했

다. 아무리 언론에서 호형이니 뭐니 하면서 사람 좋은 것처럼 포장해줘도, 역시 저 사람도 까칠한 성격이다. 원래 투수라는 포지션이 자기중심적인 자리다. 대체로 예민하고 개인적인 성격의 선수들이 성공한다.

그래도 어젯밤에는 꽤 호탕해 보였는데. 전날 호세가 엄지손가락을 올려 보이던 모습이 떠올랐다. 그땐 상당히 좋은 인상을 받았다.

"뭐 하나, 자슥아. 공 안 던지나."

깡형의 재촉에 정신이 돌아왔다.

"아, 네, 형님. 죄송합니다."

재빠르게 공을 빼서 깡형에게 던졌다.

하긴 사람 마음은 복잡한 거니까. 그래도 한동안 호세와는 가까이하지 말아야겠다. 양민철은 깡형이 던진 공을 받으면서 생각했다.

하지만 이날 훈련은 완전 엉망이었다. 새로 들어온 보조요원들이 문제였다. 깜빡하고 여분의 공을 준비하지 않은 것이다. 부랴부랴 공을 구해왔지만 습기가 심해서 연습에 사용하기 어려웠다.

더군다나 훈련장 정비도 완전하지 않았다. 새벽에 비가 내려 훈련장 곳곳에 물이 배었다. 양민철을 비롯한 훈런 요원들이 나름으로 열심히 정비했지만 역부족이었다. 결국 신인 선수 한 명이 수비 훈련을 하다 물웅덩이에 빠져 넘어져버렸다. 코치들이 깜짝 놀라 달려 나올 정도였다. 다행히 큰 부상은 아니었지만 결국 그 과실은 훈련 요원들에게 돌아왔다.

"현상, 양상, 대체 정신이 있습니까?"

고바야시 코치에게 끌려가 혼이 났다. 일본인 고바야시 코치는 통역도 거치지 않고 질책을 했다. 본인이 이미 한국어에 꽤 유창하기도 했다.

잔소리를 들으면서 동시에 지겹다는 생각이 들었다. 매년 되풀이되는 일이다. 캠프 초반에 뭔가 일이 벌어지고 현삔과 양민철 같은 고참들이 깨진다. 아래 직원들 보라고 일부러 그러는 이유도 있다. 기강을 잡는다는 것이다.

그래도 이건 아니다. 오늘은 억울하다. 대체 왜 우리에게만 이러나. 우리가 그렇게 만만한가.

결국 대충 정리를 마치고 방으로 돌아왔다. 실수한 후배들이 미안한지 고개를 푹 숙였지만 위로하기도 귀찮아서 무시했다.

현삔도 속상한지 밖으로 나가버렸다. 혼자 침대에 누워 있다가 전화기를 들었다. 미영이 생각났다. 하지만 통화음이 길게 울려도 미영은 전화를 받지 않았다. 메시지를 보내니 '바빠!'라는 짧은 답장만 왔다.

가슴이 답답했다. 미영과도 점점 멀어지는 기분이다. 요즘 통화 시간이 짧아진다. 대화도 서로 빙빙 돌기만 하고 통화 중 침묵만 길어진다.

현뻔의 침대를 쳐다봤다. 녀석의 단순함이 부러워졌다. 현재 가장 재미있는 일만 하는 녀석. 난 왜 저렇게 단순하지 못한 거야. 스스로 화가 났다. 이따위 모습이니 미영도 싫증이 났겠지.

대체 내 삶은 어디로 가는 걸까. 불펜 포수로 얼마나 일할 수 있을까. 언제든지 해고될 수 있다는 걸 잘 알고 있다. 그럼 그다음은. 뭘 하면서 살아야 할까.

저녁도 건너뛴 채 이불을 뒤집어쓰고 누워서 갖은 공상만 했다.

창문을 보니 밖은 어느새 어두워져 있었다. 이불을 박차고 일어나 옷을 입었다.

공이나 던지자. 오늘은 평소보다 일찍 나가기로 했다. 어차피 이 시간에 훈련하는 사람도 없을 텐데. 아니, 누가 보든 말든 맘대로 하라지. 모든 게 귀찮았다.

모자를 눌러쓰고 러닝을 시작했다. 그리고 훈련장으로 갔다. 예상대로 텅 비어 있었다. 뒤편에 그물망을 놓고 바로 공을 던지기 시작했다. 워밍업은 생략했다.

이따위 어깨, 아프려면 아프라지. 내 인생에 아무런 도움도 안 되는데.

한참 씩씩대며 공을 던졌다. 이를 악물고 던졌다. 템포가 빨라졌다.

"노노, 맨."

멀리서 누군가 소리치며 다가왔다.

호세였다. 어느새 양민철의 옆까지 와 있었다. 공 던지는 걸 멈추니 비로소 호흡이 느껴졌다. 숨이 턱까지 차올라 숨쉬기 어려울 정도였다.

숨을 헐떡이며 호세를 쳐다봤다. 양민철보다 한참 키가 커서 올려다봐야 했다. 가뜩이나 까만 얼굴이 불빛을 등져 더욱 까맣게 보였다.

"그렇게 공을 던지면 좋지 않습니다. 아프게 됩니다."

호세는 인상을 쓰며 말했다. 꽤 유창한 한국말이었다. 피부색이 다른 사람에게서 한국말을 들으니 이상한 기분이 들었다.

"투수는 예민합니다. 천천히 페이스를 올려야 합니다. 나도 그렇습니다. 양도 그렇습니다."

손으로 자신의 어깨와 양민철의 어깨를 번갈아 가리키며 말했다. 양민철은 천천히 호흡을 가다듬었다. 입에서 단내가 올라왔다.

"그리고 빠르기만 하면 안 됩니다. 다른 공은 없습니까?"

호세가 변화구 던지는 시늉을 하면서 입으로 피융~ 하는 소리를 냈다. 로켓이 날아가는 흉내를 내는 게 우스웠다. 변화구라…… 아무래도 양민철이 공 던지는 걸 유심히 지켜본 모양이었다. 그동안 투구 연습을 직구로만 했으니까.

"저, 그게……."

호칭을 뭐라고 해야 할지, 한국말로 말해도 될지 헷갈렸다. 하지만 호세는 말 잘 듣는 강아지처럼 귀를 쫑긋 세우고 있었다.

"저기, 예전에 커브볼이 있긴 했는데 어깨가 이 모양이라……."

양민철이 오른쪽 어깨를 가리키며 얼굴을 찡그리자 호세는 이해했다는 듯이 천천히 고개를 끄덕였다.

"나에게 배워보겠습니까. 코리아에선 이게 좋습니다. 코리안 배터들은 이것에 약합니다."

호세가 공을 잡더니 천천히 투구했다. 날아가던 공이 홈 플레이트 앞에서 뚝 떨어졌다.

"체인지업……인가요?"

호세가 고개를 끄덕였다.

"그렇습니다. 이것 덕분에 코리아에서 먹고살았습니다."

진지한 얼굴로 말했다. 뭐야, 농담이야 진담이야. 가늠하기 어려웠다.

양민철은 잠시 생각해봤다. 원래 스피드에는 자신 있었다. 최근 제구를 위해 팔 각도를 기존의 60도 정도의 쓰리쿼터에서 40도 정도의 사이드스로로 내리긴 했지만 그래도 시속 140킬로미터는 나왔다. 템포를 죽이는 공이 필요하긴 했다.

"어떻습니까. 내가 양에게 이걸 가르쳐줄 수 있습니다."

호세가 은밀한 협상을 제안하는 고대의 상인 같은 표정을 지으며 쳐다봤다. 양민철의 심장이 뛰었다. 저 체인지업, 갖고 싶다. 투수의 본능이 꿈틀거렸다. 좋은 공을 보면 내 것으로 만들고 싶다.

천천히 고개를 끄덕였다. 호세도 따라서 고개를 끄덕였다.

"그렇다면 매일 밤 30분 레슨 어떻습니까."

"좋습니다. 그러니까, 오케이입니다."

마음이 바뀔까 싶어 재빨리 손으로 오케이 사인을 보냈다.

"알겠습니다. 대신 레슨비는 현찰입니다. 세금은 싫습

니다."

호세가 양민철을 빤히 쳐다보며 말했다. 아, 레슨비라…… 하긴 외국인이 공짜로 가르쳐줄 리 없겠지. 동시에 좀 치사한 생각도 들었다. 돈도 많이 버는 양반이 나 같은 보조요원한테 레슨비를 받다니.

"저기, 제가 월급을 받으려면 좀 기다려야 하는데. 레슨비는 얼마를 드리면 될까요?"

말을 못 알아들을까 싶어 손으로 돈 세는 동작을 하면서 말했다.

호세는 눈썹에 힘을 주면서 강조했다.

"레슨비는 아주 비쌉니다. 그리고 캐시만 받습니다. 세금은 싫습니다."

비슷한 말을 반복했다.

될 대로 되라지. 체인지업에 대한 욕심이 컸다. 배우고 나서 배를 째든 말든, 그때 가서 생각하지, 뭐.

다음 날부터 밤마다 야간 훈련을 시작했다. 아침에도 러닝하는 시간이 비슷하다 보니 하루에 두 번씩 만나는 셈이었다.

가까이에서 보니 호세는 제법 한국말에 유창한 외국인이었다.

"한글은 쉽습니다. 세종은 위대합니다."

이런 소리를 하기도 했다. 세종까지 알다니. 양민철도 혀를 내둘렀다. 하긴 칠 년이나 한국에서 뛰었으니 꽤 익숙해진 모양이었다.

"하지만 발음은 어렵습니다. 받침은 어렵습니다."

곧 이런 말을 덧붙이기도 했다. 항상 진지한 표정이다 보니 농담인지 진담인지 구분하기 어려웠다.

양민철이 말을 편하게 하라고 했을 때는 "초면에는 안 됩니다. 한국에서 매너는 중요합니다. 이곳은 선비의 나라입니다."라고 말했다. 양민철도 할 말을 잃었다.

그래도 호칭은 애매했다. 선생님이라고 부르기도 모호하고.

"저기, 제가 뭐라고 부르면 될까요? 코치님? 선배님? 아니면 티처?"

"그냥 호형이라고 부르십시오. 타이거즈에서는 다들 그렇게 불렀습니다."

흠, 호형이라. 신문에서 읽었던 기사가 생각났다. 후배들과 함께 어깨동무하고 찍었던 사진도 떠올랐다. 그러면 뭘 하나. 결국 방출된 신세인데.

"그래서 호떡을 좋아합니다."

이상한 말도 덧붙였다. 역시 아무 표정이 없어서 웃어

야 할지 말아야 할지 헷갈렸다.

가만히 호세를 쳐다보니 측은한 마음이 들었다. 나와 같은 방출 출신이네.

양민철은 호세에게 자신도 방출당했다는 스토리를 설명하려다 말았다. 말이 길어질 것 같았고, 한국말로 설명하기도 어려웠기 때문이다.

그나저나 호세는 은근히 엉뚱한 데가 있었다. 농담인 듯 아닌 듯 이상한 말을 늘어놓았다. 무슨 캐릭터인지 속을 알 수 없었다.

하지만 코치로서는 훌륭했다. 함께 캐치볼을 하고 투구에 대해서 배웠다. 호세는 체인지업은 물론, 다른 것도 알려줬다. 특히 투구 폼에 대해서 꽤 도움이 되는 말을 해줬다.

"패스트볼과 같은 높이에서 던진다. 그것이 가장 중요하다"든지 "공을 숨긴다. 타자에게 안 보여야 한다"든지. 모두 중요한 조언이었다. "피칭은 결국 타자를 속이는 것이다"라는 말은 여러 가지 생각을 하게 했다. 이전에는 깊이 고민하지 못했던 부분이었다.

호세는 자연스럽게 말을 놨지만 아무래도 한국말은 좀 어색했다.

학교 다닐 때 영어 공부 좀 할걸. 괜히 미안해졌다. 호세에게 사과하니 "It's OK. 나도 처음엔 한국말을 못 했다. 넌 한국에서만 살았으니 그것은 당연한 것이다."라며 어깨를 두드려줬다. 물론 표정이 없어서 위로인지 아닌지 분간이 안 됐다.

월급날이 돼서 슬쩍 레슨비에 대해 다시 물어봤다. 너무 비싸게 부르면 그만둘 생각이었다. 솔직히 돈은 항상 쪼들린다. 월급날에 통장으로 들어왔던 돈은 발 빠른 1번 타자의 주루 플레이처럼 재빨리 빠져나가버렸다.

하지만 양민철의 물음에 호세는 여전히 "레슨비는 비싸다. 그리고 캐시만 받는다. 세금은 싫다."라는 말만 반복했다. 뭐야, 저 사람. 좀 께름칙했지만 일단은 가만히 있기로 했다. 한국에서 돈도 많이 벌었을 텐데 무료 봉사 좀 해주려나, 하는 마음도 들었다. 나중에 비싸게 부르면…… 뭐, 배 째라는 식으로 나갈 수밖에.

전날 배운 것을 다음 날 훈련하는 틈틈이 혼자 복습해보기도 했다. 특히 같은 팀에 있는 사이드스로 투수들의 볼을 받으며 눈으로 익혔다. 이전까진 무시하던 동작이다.

이걸 왜 지금에서야 알았을까. 예전엔 너무 되는대로 했다. 기초 체력 훈련 같은 건 귀찮아서 무시해버렸다. 무조건 빠른 공만 던지면 된다고 생각했고, 그렇게 배웠다. 그놈의 멘탈 타령에는 질려버렸다.

세게만 던지려다 결국 어깨가 망가졌다. 좀 더 일찍 알았다면, 하는 아쉬움이 들었다. 그래도 지금부터라도. 다시 한번 호흡을 가다듬었다.

하지만 양민철과 달리 막상 호세는 본연의 페이스가 올라오지 않는 모양이었다. 곰 감독을 비롯한 코치진에서도 수상한 기운을 느꼈는지 슬슬 눈치를 주기 시작했다.

"대체 피칭은 언제 시작하는 거야? 설마 우리 팀에 캐치볼하러 온 건 아니잖아?"

만만한 제임스에게 화살이 돌아갔다. 하지만 호세는 자신만의 루틴이 있는 듯 "노 프라블럼"이라고만 말했다. "쟤 타이거즈에서도 저렇게 늦었나?"라며 제임스에게 넌지시 묻는 코치도 있었다.

현삔과도 결국 합이 안 맞아 캐처를 양민철로 교체하게 됐다.

"점마하고 하면 희한하게 꼬이네."

현삔도 두 손 들고 포기했다.

"찰쓰, 저 늙다리 깜시 새끼 공 다 빠뜨려버려라."

깡형은 호세 페이스가 늦는 게 기분 좋은 듯 은근히 웃으며 말했다. 하긴 선발 경쟁자 한 명이 탈락 유력한 상황이니 기분이 좋겠지.

까다로운 성격도 팀원들의 구설에 올랐다. 자신만의 운동법은 물론 호세는 먹는 것에도 상당히 예민했다. 선수단 식단이 마음에 안 들면 제임스에게 부탁해서 다른 음식을 먹기도 했다. 역시 유난을 떤다면서 뒷말을 들었다.

그래도 양민철은 호세에게 신경이 쓰였다. 매일 저녁 개인 레슨을 받고 있으니…… 더 신경 써서 공을 받았다. 다행히 호세는 양민철과의 합은 괜찮은 것 같았다. 처음엔 긴장했지만 공을 받다 보니 익숙해졌다. 기본적으로 제구가 좋은 피처다.

결국 호세는 캠프 중반을 넘어서야 첫 라이브 피칭 일정을 잡게 됐다. 라이브 피칭은 타자를 세워놓고 실전처럼 투구하는 것이다.

호세의 페이스가 늦어지면서 가장 애가 타는 사람은 곰 감독이었다. 커다란 덩치와는 달리 소심한 양반이다.

"야, 저 깜시 누가 데려왔는지 아나? 곰탱이 감독이다, 곰 감독. 용 단장은 어린놈 뽑자고 했는데 경험이 중요하다며 박박 우겼다네. 아마 지금 제일 똥줄 탈 거다, 저 영감."

며칠 전 현삔이 넌지시 알려줬다.

하긴 국내 리그에서 외국인 선수 한 명의 중요성은 아무리 강조해도 지나치지 않을 정도니까. 곰 감독의 얼굴이 누렇게 뜨는 것도 이해가 됐다.

더군다나 용 단장이라면…… 양민철도 고개를 절레절레 저었다. 용이 불을 뿜는 것 같은 다혈질 영감탱이와 맞붙었다면 곰 감독 속이 탈 만했다. 용 단장의 캐릭터는 선수단에서도 이미 유명했다. 절대 마주치고 싶지 않은 유형의 사람이었다.

실전 피칭 날은 현장에 꽤 긴장감이 돌았다. 언론에도 피칭은 비밀로 하고 은밀하게 진행했다.

포수 플레이트 뒤편 좌석에 곰 감독과 고바야시 코치를 비롯한 코치진들이 쭉 앉아서 지켜봤다. 양민철도 불펜에서 봤다. 실전 투구이다 보니 공은 주전 포수 이진영이 받았다.

"패스트볼."

이진영의 주문에 호세가 고개를 끄덕이고 공을 던졌다. 빡, 하고 글러브에 공이 닿는 소리가 들렸다. 양민철의 시선이 바로 고바야시 코치를 향했다. 하지만 고바야시는 선글라스를 끼고 있어서 표정을 읽기 어려웠다.

그렇게 몇 개 더 패스트볼을 던졌다.

"호세, 체인지업."

이어서 포수가 체인지업을 주문했다. 양민철도 침이 꿀꺽 넘어갔다. 동시에 손에 땀도 났다. 응원하는 마음이 들었다. 제발, 제발.

빡, 하고 공이 들어갔다. 양민철은 주먹을 쥐었다. 역시 좋은 궤적이다. 하지만 고바야시 코치는 여전히 무표정이었다.

"커브볼."

이어서 커브와 슬라이더도 던졌다. 체인지업만은 못해도 제법 수준급 변화구였다. 적어도 양민철의 눈에는 그렇게 보였다.

호세는 투구 수 30개를 딱 채우고 마운드에서 내려왔다.

"딱 30개만 던지고 내려와버리네. 가뜩이나 늦었는데 좀 더 던져보지."

옆에서 지켜보던 코치가 입맛을 다셨다. 다들 호세의 페이스에 대해서 걱정하는 분위기였다. 멀리 곰 감독과 고바야시 코치가 심각한 표정으로 얘기를 나눴다. 입 모양을 읽으려고 했으나 무슨 말인지 알기 어려웠다.

양민철은 불펜으로 들어오는 호세를 제임스와 함께 하이파이브로 맞아줬다. 막상 호세는 담담한 표정이었다. 코치들의 물음에도 "노 프라블럼"이라고만 응할 뿐이었다.

곰 감독도 제임스를 불러 이것저것 물어봤다. 제임스는 머리를 긁적거리면서 대답했다.

잠시 후 제임스가 호세에게 와서 전달해줬다. 영어라서 거의 알아들을 수 없었지만 "3 days later"라는 말은 귀에 들어왔다. 나중에 제임스에게 확인하니 3일 후 청백전 등판이라고 했다.

"그래서 오늘 투구는 어떻다는 거야?" 하고 물어봐도 제임스는 어깨만 으쓱하며 "내가 뭐 알 리가 있나. 실전에 들어가봐야지."라고 답했다. 선수만큼 느긋한 통역이시구먼. 괜히 제임스를 원망했다.

그날부터 야간 훈련은 끝났다고 생각했다. 이제 호세도 본격적인 시작이니까. 나 따위 신경 쓸 수가 없겠지. 자연스럽게 체념하고 다시 혼자 훈련을 하러 갔다. 그래도 며칠 동안 호세에게 레슨을 받으면서 많은 걸 배웠다.

하지만 그날 저녁 워밍업을 하고 투구를 시작하려는데 호세가 나타났다.

"양, 오늘은 빠른 시작이다."

양민철에게 다가오며 호세가 엄지손가락을 올려줬다. 커다란 키에 빨간색 블루투스 이어폰을 낀 모습 그대로였다. 반가운 마음에 와락 껴안을 뻔했다.

"호 형, 오늘부터 혼자 하려고 했는데……." 하는 양민철의 말에 "노노, 약속은 지킨다. 계속 함께한다."라고 답하며 호세는 손가락을 좌우로 흔들었다.

코끝이 찡해졌다. 뭐야, 저 형, 남자끼리 감동을 주고 그래. 누군가에게 관심을 받아본 게 너무 먼 옛날 일 같았다. 잊고 살던 감정이다.

"캐치볼은 나에게도 필요하다. 신경 쓰지 마라. 노 프라블럼."

호세는 오히려 양민철의 어깨를 두드려주기도 했다.

그래, 캐치볼이라도 제대로 해주자. 양민철은 평소보다 더 신경 써서 캐치볼을 했다. 중간에 슬쩍 오늘 투구에 대해 물어봐도 "노 프라블럼"이라는 답변만 돌아왔다.

양민철도 더는 걱정하지 않기로 했다. 베테랑인데 알아서 잘하겠지. 대신 오늘 본 체인지업은 더욱 탐이 났다. 꼭 내 것으로 만들고 싶었다.

양민철은 팡팡 글러브를 쳤다.

하지만 3일 후 청백전에서 분위기가 심각해져버렸다.

이날 호세는 청팀 선발투수로 등판했다. 2이닝 동안 투구 수 30개 정도를 던지기로 했다.

백팀 선두타자는 발이 빠른 쌕쌕이 유형. 차기 리드오프라는 평가를 듣는 어린 선수였다.

호세는 초구로 직구를 던졌다. 타자는 가만히 바라보고는 고개를 갸웃했다. 이어서 체인지업이 들어왔지만 역시 타자는 그냥 흘려보냈다.

그리고 다음 공은 몸쪽 직구. 타자는 기다렸다는 듯이

타이밍에 맞춰 스윙했다. 딱, 하는 소리와 함께 모두의 시선이 외야로 이동했다. 방망이에 맞은 볼은 외야를 향해 쭉 뻗다가 담장을 살짝 넘어갔다. 홈런이었다.

공을 친 타자는 얼떨떨한 표정으로 베이스를 돌기 시작했다. 프로 통산 첫 홈런이었다. 이전까지 홈런 제로였던 선수였다.

양민철의 시선이 곰 감독을 향했다. 곰 감독은 인상을 잔뜩 쓰고 있었다.

이후에도 호세의 공은 쭉쭉 맞아 나갔다. 아무리 좋은 체인지업도 직구가 받쳐주지 않으니 속수무책이었다. 타자들은 변화구에 속지 않았다. 그리고 나중에는 변화구까지 맞아 나갔다.

"공이 너무 깨끗한데. 원래 저랬나."

상대한 타자가 고개를 갸웃거렸다.

"저 새끼, 먹튀 아이가. 타이거즈에서 버린 이유가 있네, 있어."

옆에서 깡형이 이죽거렸다. 얼굴엔 웃음이 번져 있었다. 아무리 그래도 동료인데. 양민철은 인상을 쓰다 깡형과 눈이 마주쳐버렸다.

"와? 내가 틀린 말 했나? 너 요즘 깜댕이랑 붙어 다닌다고 점마랑 한편 됐나, 엉?"

깡형이 이번엔 양민철에게 눈을 부라렸다. 이번 캠프 시작부터 쌓인 감정이 있는 모양이었다.

깡형의 시선을 피해 마운드의 호세를 쳐다봤다. 호세는 여전히 무표정했다. 정말 속을 알 수 없는 형이라니까. 양민철은 고개를 저었다.

이후 호세는 캠프에서 두 번 더 등판했지만 결과는 더욱 안 좋았다. 결국 다른 팀과의 경기에서 경기 중간 불펜 투수로 등판했는데 그 역시 난타를 당했다.

고바야시 코치의 표정도 심각해졌다. 제임스를 불러 심각한 표정으로 이런저런 걸 묻기도 했다. 하지만 막상 당사자인 호세는 흔들림이 없었다. 적어도 그렇게 보였다.

양민철과의 연습도 계속 이어졌다. 매일 밤 같은 시간에 만나서 캐치볼을 하고 양민철의 투구를 봐줬다.

"노 프라블럼."

아무리 물어도 대답은 똑같았다. 대신 양민철의 얼굴을 쳐다보다 어깨를 툭 치면서 말했다.

"양, 시즌은 길다. 페이스는 내가 컨트롤한다."

호세는 양민철에게 고개를 끄덕여줬다. 그리고 오히려 양민철의 공을 보면서 "나이스 무브"라고 칭찬을 해주기까지 했다.

아이고, 호형, 지금 형이 그럴 때가 아니잖아.

괜히 양민철의 속이 타들어갔다.

'무진 드래곤스. 최악의 패를 뽑다. 호세는 예전의 그 호세가 아니다.'

호세의 부진은 시범경기까지 이어졌고, 매스컴의 시선도 차가워졌다. 신이 난 듯 기사를 쏟아내기 시작했다. 잘할 때는 그렇게 찬양하더니. 양민철은 새삼 언론이란 세계에 신물이 났다. 외국인이라는 이유도 클 것이다. 깡형이랑 비교해도 그렇다. 깡형은 아직도 지역 프랜차이즈 스타 대우를 받는다. 외국인은 이방인이라는 정서가 깔려 있다.

결국 호세는 4선발로 시즌을 맞게 됐다. 홈 개막전 선발 자리는 다른 외국인 투수에게 돌아갔다. 처음 영입할 때는 호세의 자리라고 기대했을 텐데. 걱정스러웠다.

개막전을 맞은 무진 야구장에 관중들이 하나둘 들어오기 시작했다. 벌써 개막이구나. 자리에 앉은 사람들을 보면서 그런 생각이 들었다.

"찰쓰, 이번에 새로 온 치어리더 끝내준다던데. 심블리라던가, 뭐라나."

현삔이 슬쩍 다가와 옆구리를 쿡쿡 찔러댔다.

예전이었다면 양민철도 분명 치어리더 쪽을 기웃거렸

을 거다. 하지만 올해는 좀 다른 기분이다. 어차피 내 인생과 상관이 없다는 생각도 들었다.

대신 호세에게 눈길이 갔다. 호세는 혼자 묵묵히 러닝을 하면서 몸을 풀었다. 그리고 양민철과 함께 캐치볼을 했다. 저 형 기분이 어떨까. 양민철은 공을 받으며 호세의 표정을 살폈지만, 여전히 읽을 수 없었다.

"너 개막하고도 깜댕이하고 붙어 다닐 거가. 그리 좋나."

깡형이 또 옆에 와서 빈정거렸다. 신경질이 나서 째려봤다. 아무리 그래도 깜댕이라니. 호세도 들릴 텐데.

"뭘 보나. 이 자식이. 니 미쳤나."

깡형이 눈을 크게 뜨면서 한 걸음 다가왔다. 호세가 막아서며 양민철을 말렸다.

"괜찮다. 한국에서 벌써 8년이다. 저런 말에는 익숙하다."

그리고 오히려 위로해주기까지 했다.

"한국 사람들은 백인을 더 좋아한다. 하지만 괜찮다. 친해지면 따뜻하다."

호세가 양민철의 어깨를 두드려주며 말했다.

개막전이 시작됐다. 여느 개막식처럼 높은 분들이 한

명씩 호명되고, 아이돌 가수가 애국가를 불렀다.

"……대한 사람 대한으로 길이 보전하세……."

이어서 지역 단체장이 시구에 나섰다. 그리고 드디어 플레이볼.

경기 중에도 양민철의 시선은 호세에게 향했다. 호세는 담담한 표정으로 경기를 바라봤다. 동료들 플레이 하나하나에 박수를 보내고 환호했다. 팀에 녹아들려 노력하는 게 느껴졌다.

하지만 사흘 뒤 첫 등판도 역시나 힘겨웠다. 꾸역꾸역 5회를 채웠지만, 자책점이 8점이나 됐다. 곰 감독의 표정이 어두워졌다.

"본인도 답답하겠지. 말은 저렇게 해도." 제임스에게 넌지시 물어보니 인상을 쓰면서 대답했다. "공이 눈에 익은 건지, 만만해진 건지……."

제임스도 답답한지 어깨를 으쓱했다.

하지만 호세와의 연습은 계속됐다. 장소는 야구장에서 떨어진 학교 운동장이었다. 매일 같은 시간에 만나 캐치볼을 하면서 호세는 양민철이 공 던지는 걸 코치해줬다.

양민철도 슬슬 부담스러워졌다. 정말 저 형이 어쩌려고 저러나, 하는 걱정이 들었다. 하지만 여전히 대답은 "노 프라블럼." 오히려 양민철이 공 던지는 것을 보고 "양,

공을 더 채야 한다."라며 조언을 해줬다.

확실히 양민철의 공은 스스로 느끼기에도 꽤 괜찮아진
것 같았다. 현삥에게 테스트를 부탁하기도 했다. 현삥을
앉혀놓고 호세에게 배운 체인지업을 던져봤다.

"야, 너 이거 어디서 배웠어?"

현삥은 깜짝 놀라면서 마스크를 벗었다. 마스크 아래
접혀 있던 턱살이 흔들렸다. 현삥이 놀라는 표정을 보니
흐뭇해졌다.

물론 호세에게 배운다는 건 현삥에게도 비밀로 했다. 괜
히 호세가 곤란해질 것 같았다. 성적이 부진한 외국인 선
수가 어떤 대우를 받는지는, 지난 5년간 충분히 봐왔다.

그래도 호세는 자신의 루틴을 지켰다. 옆에서 지켜보
며 양민철도 혀를 내둘렀다. 프로 선수라는 직업에 대해
서도 다시 생각해보게 됐다. 호세는 먹는 것에도 철저했
다. 술은 물론 탄산음료도 가까이하지 않았다.

하지만 그런 그도 수제 치즈버거에는 관대했다. 이틀
에 한 번꼴로 제임스가 무진 시내에서 치즈버거를 포장
해왔다. 양민철이 몰라서 그렇지 꽤 유명한 집이라고 했
다. 치즈버거를 한 입 베어 물 때 호세는 행복해 보였다.
타이거즈 시절에도 무진 야구장에 올 때면 꼭 들르던 집
이라고 했다.

"이 치즈버거는 무진뿐만 아니라 코리아 넘버원이다."

호세는 치즈버거를 입에 가득 물고 자랑스럽게 말했다. 덕분에 양민철도 얻어먹게 됐다. 확실히 맛있었다. 이전까지 먹던 다른 프랜차이즈 버거와는 달랐다.

아무리 그래도, 지금 그런 거나 먹고 있을 때가 아닌데. 동시에 이런 걱정도 들었다.

하지만 호세의 노 프라블럼 루틴은 5월에 들어서자 드디어 빛을 보게 됐다. 4월 말부터 천천히 투구 수를 늘리더니, 5월 5일 어린이날 홈경기에서 6이닝 3실점으로 첫 승을 거뒀다. 투구 수도 100개를 넘게 던졌다. 시즌 첫 퀄리티 스타트였다.

양민철도 불펜에서 힘껏 응원을 해줬다. 6회 1사 만루 위기에서 병살을 유도했을 때는 누구보다 크게 환호를 보냈다. 깡형이 옆에서 찌릿하고 쩌려봤지만 무시해버렸다. 호세가 더그아웃으로 들어올 때도 가장 앞에서 맞아줬다.

결국 이날의 MVP는 호세의 차지가 됐다. 더군다나 자신이 속했던 타이거즈를 상대로 첫 승을 거뒀으니 미디어의 관심도 뜨거웠다. 스토리가 생긴 것이다. 응원단상에서 팬들에게 인사를 하기도 했다.

"드래곤스 팬 여러분, 사랑한데이~" 하고 말했을 때는 까악! 하는 팬들의 함성이 쏟아졌다. 호세는 손가락으로 하트를 만들어 답례를 보냈다.

"미스터 호세, 우리도 사랑한데이~" 꼬깔콘 모자를 쓴 아줌마가 우렁차게 소리를 질러서 다들 웃음을 터뜨렸다. 양민철도 불펜에서 바라보며 크게 손뼉을 쳤다.

"민철, 오늘 호세가 한턱내고 싶다던데."

퇴근할 때 제임스가 속삭였다. 깜짝 놀라서 "나 말이야?" 하고 되물었다. 외국인 선수가 불펜 포수에게 한턱 쏜다는 말은 처음 들어봤다.

"호세가 고맙다고 집으로 꼭 초대하고 싶대. 원래 집으로 친구들 초대하는 거 좋아하거든."

나한테 고마워할 게 있을 리가. 오히려 도움받은 쪽은 난데. 캠프 때부터 그렇게 많이 받았는데. 친구, 라는 단어도 귀에 남았다. 괜히 가슴이 쿵쿵 뛰었다.

양민철은 결국 제임스를 따라가게 됐다. 무엇보다 호세의 첫 승을 축하해주고 싶었다.

제임스의 빨간색 자동차를 얻어 타고 호세의 아파트로 향했다. 보조석에 먹다 버린 음료병이 뒹굴고 있어 대충 정리하고 앉았다. "뭐 선물이라도 사야 되지 않나?" 하는 물음에 껄껄 웃는 소리와 함께 "헤이, 호세 부자야, 부자.

돈 엄청 많아. 도미니카 재벌. He's rich."라는 대답이 돌아왔다.

하긴 무슨 선물을 살지 감이 안 오기도 했다. 외국인들이 뭘 좋아하는지도 모르겠다.

호세가 사는 아파트는 시내에 있는 신축 아파트였다. 구단에서 외국인 선수에게 임대해주는 곳이었다. 양민철도 지나가며 본 적이 있다. 직접 안까지 들어온 건 처음이었다.

제임스를 따라 엘리베이터에 올랐다. 엘리베이터도 고급스러워 보였다. 최신식 버튼 장치에 괜히 주눅이 들었다. 제임스는 여러 번 와봤는지 제법 익숙해 보였다.

땅동, 초인종을 누르고 기다렸다. 괜히 왔나 하는 생각이 잠깐 스쳐 갔다. 유창한 한국말로 "잠깐만요." 하는 여자 목소리가 들리고 곧 문이 열렸다. 호세의 와이프였다. 이미 한국에서 유명세를 탔던 터라 양민철도 얼굴이 익숙했다. 호세가 공을 던질 때 관중석에 앉아 있는 걸 본 기억도 났다. 아름다운 외모로 유명하다는 건 알고 있었지만 가까이에서 보니 더 빛이 났다.

양민철이 쭈뼛 인사를 건네자 "환영합니다."라고 말하며 환한 미소로 맞아줬다. 검은 얼굴에서 하얀 이가 반짝거렸다. 제임스와는 포옹하면서 반갑게 인사를 했다.

"앤드리아예요, 이름은. 그냥 앤디라고 불러주세요."
양민철에게 자리를 권하며 말하더니 "호세는 요리 중"이
라면서 주방을 가리켰다.

양민철은 자리에 앉으면서 괜히 긴장됐다. 양말이라도
갈아 신고 올걸 그랬나. 발가락을 꼼지락거리면서 뒤로
숨겼다. 경기를 마치고 바로 온 터라 행색이 영 아니올시
다였다.

하지만 앤디는 신경 쓰지 않는다는 듯 "맥주부터 마실
래요?"라고 말하며 맥주캔을 내밀었다.

"헤이, 양. 웰컴 투 마이 하우스."

앞치마를 걸치고 나온 호세를 보니 비로소 웃음이 나
왔다. 저 덩치에 앞치마라니. 제법 귀여워 보였다.

"잠시만 웨이트."

호세가 눈을 찡긋하더니 다시 주방으로 들어갔다. 야
구장에서 보던 호세와는 다른 느낌이었다. 훨씬 편안해
보였다. 주방에서 좋은 냄새가 풍겨왔다.

집을 둘러봤다. 벽면엔 사진이 가득했다. 대부분 야구
시합 중에 있는 호세를 찍은 사진이었다. 어린 시절의 호
세와 앤디의 사진도 있었다. 사진에 두 사람만 있는 거로
봐서 아이는 아직 없는 것 같았다.

텔레비전 옆에 놓인 커다란 캠코더도 눈에 띄었다. 야

구장에서 전력분석팀이 사용하는 낯익은 장비였다.

앤디가 양민철의 시선을 따라가더니 장난스럽게 쿡쿡 웃기 시작했다.

"아, 민철. 내가 재미있는 거 보여줄까요?"

이어 텔레비전을 켜고 캠코더를 연결했다. 화면에 호세의 모습이 나왔다. 공을 던지는 호세만 집중해서 찍은 화면이었다. 최근 등판한 경기인 것 같았다.

"저거 다 앤디가 찍은 거야. 무려 야구 분석가시거든. I mean, she's a baseball analyst."

맥주를 들이켠 제임스가 꺼억, 하는 소리를 내면서 말했다.

"호세가 한국에서 성공하는 데 앤디가 큰 도움이 됐어. 매일 찍고 분석하고, 다시 그걸 반복하고. 옆에서 보면 존경스럽다니까. 헤이, 앤디. 대체 언제부터 시작한 거지?"

제임스의 물음에 앤디는 슬쩍 웃음으로 답하며 서랍에서 6밀리 테이프를 하나 꺼내 들었다.

"민철, 이건 더 재밌을걸요." 테이프를 넣으니 화면에 앳된 얼굴의 호세가 나왔다.

"호세의 하이스쿨 때. 꽤 귀엽죠?" 앤디가 입을 가리고 까르르 웃음을 터뜨렸다.

고등학교 때 호세의 모습이구나. 양민철도 화면에 집

중했다. 화면 속에선 어린 호세가 씩씩하게 공을 던지고 있었다.

"둘이 하이스쿨 때부터 커플이었거든. 맞지, 앤디?" 제임스의 물음에 앤디가 고개를 끄덕였다.

"헤이, 그럼 둘이 몇 년이나 된 거야?" 앤디와 제임스가 손가락을 꼽다가 동시에 와~ 하고 웃음을 터뜨렸다.

"사실 앤디가 대학에서 통계학을 공부한 것도 호세를 돕기 위해서라니까, 정말 못 말리는 커플이지. terrible couple." 제임스가 손가락질하면서 앤디를 놀렸다.

"뭐, 그래도 최근 호세가 반등한 데 앤디의 도움이 컸다는 건 인정."

제임스의 말에 앤디가 고개를 저었다.

"노노, 결국 호세가 만들어낸 결과지. 야구는 선수가 하는 거잖아."

앤디는 잠시 생각에 잠기더니 진지한 표정으로 말했다.

"사실 호세의 패스트볼은 이제 좀 어려워요. 그게 현실. 결국 브레이킹 볼을 효과적으로 보이게 해야 하는데, 그게 요즘 우리의 숙제."

앤디는 손으로 변화구 던지는 흉내를 내며 설명했다. 공이 떨어질 땐 입으로 피융~ 하는 소리를 내기도 했다. 호세가 냈던 소리가 생각나서 웃음이 나왔다. 그래도 야구에 대해서 꽤 잘 알고 있는 것 같았다.

"헤이, 가이스. time to eat."

호세가 파스타와 스테이크를 들고 나타났다. 맛있는 냄새가 났다.

식탁 앞에 둘러앉아 호세의 첫 승을 축하하기 위해 맥주캔을 들고 건배를 했다. 챙, 하고 캔 부딪치는 소리가 났다.

"오늘은 특별히 양에게 고마움을 전하고 싶다."

맥주 대신 주스 컵을 든 호세가 양민철을 가리켰다. 나에게? 양민철은 깜짝 놀라서 쳐다봤다.

"캠프 때부터 내 공을 받아준 고마운 친구다."

양민철은 고개를 저었다.

"아니, 내가 한 게 뭐가 있다고. 호형이 날 도와줬지."

"노노, 공을 받아주는 건 정말 고마운 일이다. 포수가 있어서 투수도 존재한다. 여기서 고마움을 전한다."

호세가 손을 뻗어 양민철을 가리켰다. 제임스도 어깨를 두드려줬다. 양민철은 멍해졌다. 자신이 도움이 될 수 있다는 생각은 한 번도 해보지 못했다. 어차피 공을 받는 게 직업이니까. 다들 당연한 일처럼 공을 던지고 받았고, 한 번도 고맙다는 말은 들어보지 못했다.

"대신 너는 나에게 빚이 있다. 그것을 잊지 마라."

호세가 양민철을 보면서 짓궂은 표정을 지었다. 빚이라는 말에 가슴이 철렁 내려앉았다. 맞다, 레슨비. 얼굴이 어두워졌다. 하지만 호세는 바로 푸하하, 웃음을 터뜨리더니 잔을 올렸다.

오랜만에 맥주로 배를 채웠다. 스테이크도 실컷 먹었다. 고기는 아무리 먹어도 질리지 않는다. 특히 호세가 구운 스테이크는 어느 부위인지 입에서 살살 녹았다.

스테이크를 먹으면서 호세의 옛날 영상을 봤다. 한국에 오기 전 일 년간 지냈던 일본 시절의 영상도 있었다.

"Oh my god!"

호세가 눈을 가려서 다들 웃음이 터졌다.

"저 때 많이 외로웠거든요. 그래도 한국은 다들 친절해서……."

앤디가 화면을 지긋이 쳐다보면서 말했다. 일본 시절이 생각나는 모양이었다.

"한국에 와서 많은 걸 배웠어요. 한국에서 많이 도와줬거든요. 투구 폼도 꽤 바뀌었고. 물론 호세도 열심히 했지만 한국 사람들의 도움이 없었으면 호세가 이 정도까지 잘하진 못했을 거예요."

앤디가 호세에게 동의를 구하는 눈빛을 보냈다. 호세는 앤디와 눈을 마주치더니 앤디의 어깨에 손을 얹었다.

"사실 우리끼리 나중에 한국에 보답할 방법을 찾자고 항상 얘기해요. 우리 꿈이기도 하고."

앤디의 말에 호세도 고개를 끄덕이면서 "사실이다. 우린 계획을 세울 것이다."라고 말했다. 그리고 이어 "우선 지금은 드래곤스에서 최선을 다한다."라고 덧붙였다.

"양, 네가 계속 내 공을 받아줘야 한다. 플리즈."

호세가 양민철을 보고 두 손을 모았다. 양민철은 코끝이 찡해졌다. 동시에 마음도 따뜻해졌다. 오랜만에 느껴 보는 감정이었다.

호세가 잔을 내밀길래 양민철도 맥주캔을 내밀었다. 둘은 큰 소리를 내며 건배를 했다.

호세의 호투는 계속됐다. 투구 이닝도 점점 길어졌다. 곰 감독도 비로소 표정이 풀렸다.

그리고 드디어 6월 17일 홈경기에선 완봉승을 따냈다. 호세의 2년 만의 완봉승에 드래곤스 팬들도 환호했다. 양민철도 팬들과 함께 환호를 보냈다.

두 사람의 투구 연습도 이어졌다. 이제 양민철도 연습이 생활의 일부분이 될 정도로 익숙해졌다.

그러던 어느 날 경기를 마친 뒤 호세가 양민철의 팔을 잡아끌었다. 양민철을 보고 눈을 찡긋하더니 글러브를 건넸다. 호세가 평소 쓰던 노란색 투수 글러브였다. 호세는 포수 글러브를 끼더니 마운드를 가리키며 말했다.

"양, 오늘은 실전이다."

양민철은 멍하니 마운드를 쳐다봤다. 아직 한 번도 서 본 적 없는 곳이다. 일하면서 스쳐 지나간 적은 셀 수도 없을 정도지만, 하지만 저 위에 서서 포수를 향해 공을 던져본 적은 없다.

호세를 쳐다봤다. 호세는 웃으며 고개를 끄덕였다. 양민철은 결국 글러브를 들고 마운드로 걸어갔다.

무진 야구장 마운드에 서니 감회가 새로웠다. 그토록 꿈꾸던 곳이다. 한 번도 밟아보진 못했지만. 불펜 포수로 일하면서 지금까지 남의 공을 받기만 했다.

마운드에 서서 호세를 쳐다봤다. 정말 던져도 될까, 망설여졌다. 호세는 두 손을 흔들며 문제없다는 제스처를 보냈다. 잠시 호세가 건네준 노란색 글러브를 쳐다봤다. 이미 경기를 마친 지 오래돼 경기장에 사람은 없는 것 같았다.

후~ 하고 크게 숨을 내뱉고 자세를 잡았다. 그리고 천천히 와인드업을 해서 공을 던졌다. 발판의 감촉이 좋았다. 내가 다지던 흙이다. 그 위에서 공을 던지고 있자니 기분이 묘했다.

처음엔 약하게 던지다 서서히 피치를 올렸다. 하나하나 공에 집중했다.

그때 누군가 소리를 질렀다.

"양, 거기서 뭐 하나?"

더그아웃 옆에서 고바야시 코치가 굳은 표정으로 지켜보고 있었다.

"거긴 네 자리가 아니잖아."

잔뜩 화가 난 표정으로 소리쳤다.

"노노, 코치. 내가 부탁했습니다."

호세가 중간에 끼어들었다. 고바야시 코치는 호세와 양민철을 번갈아 쳐다보더니 떨떠름한 표정을 지었다.

하아~ 그래서 안 한다니까. 괜히 코치한테 찍히는 건 아닌지 걱정스러웠다. 그나마 최근 호세가 잘 던져서 다행이었다. 당분간은 몰래 연습해야겠다고 생각했다.

다음 날 야구장에 출근하니 현삔이 옷을 잡아당기며 창고로 불러냈다.

"야, 너 뭔 생각이야? 어제 마운드에서 뭐 한 거야?"

벌써 소문이 퍼진 모양이었다. 현삔의 진지한 표정을 보니 짜증이 났다.

"왜? 뭐 그리 대단한 일이라고 오버냐?"

"뭐? 오버? 너 사람들이 요즘 뭐라 그러는지 알기나 해?"

"뭐라 그러는데? 깜댕이랑 붙어먹는다고? 그런 얘기?"

양민철의 항의에 현삔이 목소리를 낮추며 속삭였다.

"민철아, 너 올해 왜 그러냐. 내년부터 이 일 안 할 거야? 구단에 찍혀서 어쩌려고 그러냐."

현삔의 말에 괜히 더 짜증이 났다.

"놔둬. 내가 알아서 할 테니까."

입이 쩍 벌어진 현삔을 뿌리치고 나왔다.

라커 룸에 들어가자 바로 깡형이 시비를 걸어왔다.

"너 인마, 미쳤나. 니가 뭔데 마운드에 서노. 용병이랑 붙어 다니더니 돌았나."

"용병이라고 하지 마요. 무식하게."

양민철도 발끈해서 말했다.

"이게 돌았나."

깡형이 손을 들어 뒤통수를 빡 하고 쳤다. 양민철도 화가 치밀어 싸움이 날 뻔했다. 다른 선수들이 말려서 간신히 싸움은 피했지만, 사람들의 시선이 싸늘했다.

화를 삭이러 밖으로 나왔다.

왜 이렇게 짜증이 나는지. 동시에 심장도 뛰었다. 결국 죄다 소문이 났구나. 이놈의 동네는 뭔 남 얘기를 그렇게 들 하는지. 화가 나서 앞에 있는 의자를 걷어찼다.

불펜 옆 창고에 사는 흰 고양이가 다가와 그르렁거리는 소리를 내더니 양민철 옆에 몸을 뉘었다. 고양이의 귀를 쓰다듬어주니 살포시 눈을 감았다. 지금 세상에 내 편은 이 녀석뿐인가. 갑자기 세상에 혼자 남겨진 기분이었다.

호세가 미워졌다. 괜히 부추겨서 일을 만들었다. 당분간 거리를 둬야겠다고 생각했다. 구단에 찍히는 건 두려운 일이다. 지금 여길 나가면 당장 할 일도 없으니까.

이후 호세와 조금 거리를 뒀다. 다른 사람들의 시선이 신경 쓰였다. 괜히 외국인과만 어울린다고 생각할 것 같았다. 연습도 이런저런 핑계를 대고 빠졌다. 같이 있는 게 부담스러워졌다.

한번은 퇴근길에 호세가 제임스와 둘이 서서 택시를 기다리는 걸 보고 멀리 돌아오기도 했다. 마음은 불편했지만 마주치면 안 될 것 같은 기분이었다.

그렇게 시간이 지나고 무진 야구장에도 여름이 찾아왔다. 여름이 시작되면서 호세의 체력이 떨어지는 게 보였다. 평소보다 더 오래 쉬고 운동도 줄였다. 양민철이 볼 때도 확실히 그렇게 느껴졌다. 한여름은 베테랑에겐 잔인한 계절이다. 특히 무진같이 더위로 유명한 도시는 더 그렇다.

그리고 어느 날 경기에서 결국 일이 벌어졌다.

초반엔 좋았다. 호세는 상대 타자들을 상대로 변화구를 섞어가며 땅볼을 유도해 잡아냈다. 게임의 흐름도 빨랐다. 하지만 5회 초 투구에서 상대 타자가 친 공을 잡을 때 문제가 생겼다. 타자가 친 공이 투수를 향해 곧바로 날아왔다. 더그아웃에서 모두 깜짝 놀라 일어날 정도였다. 호세는 재빨리 피하면서 글러브로 공을 잡았다. 트레이너가 올라가서 체크했지만 상태는 괜찮아 보였다. 그때는 정말 그렇게 보였다.

그런데 그날 이후 호세의 투구가 이상해졌다. 구속이 떨어지고 변화구의 각도 무뎌졌다.

"쟤 어디 아픈 거 아니야?"

코치들 사이에서 이런 말도 나왔다. 투구 밸런스가 무너졌다는 소리도 나왔다. 하지만 호세는 노 프라블럼이라는 말만 되풀이할 뿐이었다. 선수 본인이 괜찮다고 하니 다른 사람들도 믿는 수밖에 없었다.

"야, 찰쓰, 너 뭐 들은 거 없냐?"

양민철에게 다가와 슬쩍 묻는 사람도 있었다. 양민철도 어깨를 으쓱했다. 요즘 호세와 거리를 두느라 제대로 얘길 해본 적도 없었다. 호세도 기본적인 훈련만 하고 긴 휴식을 가졌다.

"쿠세 읽힌 거 아니야?"

"한국에서 뛴 게 몇 년인데, 쿠세는 무슨. 그냥 힘이 떨어진 거지."

"아니야, 분명히 어디 아픈 거야. 아픈 거 숨기는 거지. 뻔하다."

주변에서 이런저런 추측이 나왔다.

이후 등판하는 경기마다 내리막길을 걷던 호세는 결국 7월 말쯤엔 1회도 채우지 못하고 강판을 당했다. 연속 5개의 안타를 맞으며 흔들리자 곰 감독도 불펜 투수 조기 투입이라는 강수를 둔 것이다. 그날은 올스타 브레이크를 앞두고 3위와의 게임차를 줄이고자 했던 중요한 경기이기도 했다.

경기가 끝난 뒤 호세는 혼자 더그아웃에 앉아 멍하니 그라운드를 바라보고 있었다. 양민철은 장비를 정리하다 그 모습을 봤다. 호세의 오른손에는 야구공이 쥐어져 있었다. 호세가 앉아 있는 곳과 아주 멀리 떨어져 있는 느낌이었다. 양민철은 잠시 망설이다 다가가서 호세의 어깨를 주물렀다. 호세는 양민철을 보더니 살짝 고개를 끄덕였다. 공을 쥔 오른손에 힘이 들어가는 게 보였다.

어쩌다가 이렇게 된 거지. 그런 생각이 들었다. 호세와 둘이 훈련하던 캠프의 밤이 생각났다. 한참 키 차이가 나는 두 사람이 이국의 훈련장에서 서로 공을 주고받는 모습. 그곳에선 두 사람의 호흡 소리와 팡팡 글러브에 공이 꽂히는 소리만 들린다. 아주 오래된 옛날의 기억 같았다. 그 속에서 현실감은 느껴지지 않았다.

그날 퇴근하면서 감독실 앞을 지나다 용 단장이 고함 지르는 소리를 들었다.

"우 감독. 우리도 이제 결단을 내려야 된다. 내가 안 된다고 안 했나. 용병은 용병이다. 언제까지 끌려다닐 꺼고. 옛날의 그놈아가 아니라카이."

이어서 곰 감독이 웅얼거리는 소리가 들렸다. 평소에도 말소리를 알아듣기 힘든 사람이었다. 지금은 평소보다 옥타브가 더 낮아졌다. 교장실에 끌려온 학생의 목소리 같았다. 반면 용 단장의 목소리는 쩌렁쩌렁했다.

"이미 스카우트팀 보고서 올라왔다. 우 감독, 어쩔 꺼고?"

양민철은 크게 한숨을 쉬며 자리를 피했다.

다음 날 호세는 2군행을 통보받았다.

"일단 2군에서 몸을 만들다 후반기에 돌아오는 거다. 알았나?"

곰 감독이 제임스를 통해서 말했다고 한다. 양민철도 함께 내려가게 됐다. 전담 포수 자격이라고 했다.

"괜히 너까지 가게 됐네. 미안하다."

제임스가 와서 위로를 해줬다. 사실 양민철도 그렇게 마음이 편하지는 않았다. 나도 2군행이라니. 역시 찍혔구나. 동시에 이런 생각도 들었다. 그래도 호세에게 마음의 빚이 있었다. 부진의 책임이 자신에게도 있다는 생각에 마음이 무거웠다.

그래, 내가 할 수 있는 건 공을 받아주는 거지.

호세의 공이라도 잘 받아주자고 생각했다.

호세는 2군에서도 루틴을 지켰다. 정해진 러닝을 하고 캐치볼을 하고 불펜에서 공을 던졌다. 2군 코치들은 대체로 방임이었다. 외국인 선수에게 괜히 참견을 해봐야 남는 게 없다는 분위기였다.

하지만 페이스는 쉽게 올라오지 않았다. 호세는 다른 사람들의 물음에 여전히 "노 프라블럼"이라고 답할 뿐이었다.

"원래 티를 내지 않거든. 운동하면서 저절로 그렇게 됐나 봐."

제임스도 안타까워했다.

"쟤 볼은 좀 어때?"

가끔 2군 터줏대감 고 반장이 와서 동향을 체크하는 정도였다. 코치진에 보고하는 역할을 맡은 모양이었다.

"볼은 좋아요. 곧 반등할 거예요. 잘 좀 말해주세요."

양민철은 최대한 좋게 전하고 싶었다. 하지만 고 반장은 "으음" 하고 고개를 끄덕일 뿐이었다.

결국 호세와 제임스, 양민철, 셋은 외딴섬처럼 지냈다. 셋은 호세의 훈련 스케줄에 맞춰서 어슬렁어슬렁 몰려다녔다. 호세는 기본적인 훈련을 하고 캐치볼을 했다. 그리고 휴식을 길게 가졌다. 덕분에 양민철도 할 일이 별로 없었다. 뜻하지 않은 방학을 맞은 기분이었다.

가끔 셋이 앉아서 치즈버거를 먹었다. 볼파크 야외 벤치에 나란히 앉아 멍하니 그라운드를 바라보면서 먹었다. 한낮의 그라운드는 고요했다. 몇몇 선수들이 타격하는 타격음과 윙윙 매미 우는 소리만 들렸다. 양민철이 앉아 있는 곳과는 아주 멀리 떨어진 공간 같았다. 다른 세계의 풍경 같았다.

그런 생각을 하면서 버거를 한입 베어 물고 오렌지 주스를 쭉 빨았다. 주스의 시큼한 맛이 현실감을 느끼게 해주었다.

그 뉴스는 너무 갑작스러웠다.

오후 훈련을 준비하던 중이었다. 포수 장비를 챙기고 있을 때 고 반장이 급하게 뛰어왔다.

"야, 찰쓰, 지금 호세 어딨냐? 감독님이 찾으시는데."

"무슨 일이에요?"

"아니, 지금 어딨냐니까?" 양민철의 말을 무시하고 다그쳤다.

"아직 라커 룸에 있을걸요. 유니폼 챙기고 있을 텐데."

"라커 룸?" 고 반장은 말이 끝나자마자 급하게 달려갔다.

순간 불길한 예감이 스쳤다. 급하게 핸드폰을 열어 야구 면에 접속했다. 가장 위에 뜬 기사의 헤드라인이 눈에 들어왔다.

'(단독) 무진 드래곤스, MLB 경력의 조지 매티스 영입.'

깜짝 놀라 기사를 클릭했다. 불과 5분 전에 올라온 기사였다. 팀에서 새로 영입한 외국인 선수에 관한 기사였다. 호세 얘기는 가장 마지막에 한 줄 적혀 있었다.

'한편, 조지 매티스를 영입하면서 호세 로드리게스는 중도 퇴출하게 됐다.'

양민철의 손이 부르르 떨렸다. 뭐야, 준비하면서 기다리라고 했잖아. 포수 마스크를 벗고 라커 룸으로 달려갔다. 하지만 호세는 그곳에 없었다.

"감독실로 가던데요."

선수 한 명이 손짓으로 알려줘 감독실로 달려갔다. 흘끔 감독실 창문을 쳐다봤다. 2군 감독인 장 감독이 자라처럼 목을 쭈욱 빼면서 진지한 표정으로 뭔가 설명을 하고 있었다. 맞은편에는 호세와 제임스가 나란히 앉아 있었다. 장 감독의 표정이 잔뜩 구겨져 있었다. 진지한 얘기를 하는 것 같았다. 호세는 담담한 표정으로 고개를 끄덕였다.

잠시 후 호세와 제임스가 감독실 문을 열고 나왔다. 호세와 눈이 마주쳤다. 할 말이 생각나지 않았다. 호세는 양민철의 어깨를 툭 쳐주더니 구석으로 갔다.

"앤디에게 말해주러 갔어."

제임스가 씁쓸한 표정을 지으며 말했다.

호세는 구석에서 전화기를 붙들고 통화를 했다. 차분한 말투였다. 갑자기 속에서 뭔가 뜨거운 것이 올라왔다. 코가 매워지면서 눈앞이 흐려졌다. 오히려 제임스가 옆에서 담담한 표정으로 위로를 해줬다.

"뭐, 별수 있냐. 어차피 용병인데."

제임스가 어깨를 으쓱하며 말했다.

이사는 금방이었다. 구단과의 계약 내용이었다. 새로운 선수가 들어오기 전에 짐을 빼야 한다고 했다.

양민철도 이사를 도우러 갔다. 하지만 별로 도울 것도 없이 이삿짐이 워낙 간소했다.

"원래 이사하는 데 익숙해. 야구 선수라는 사람들은."
제임스가 말했다.

"난 이제 뭐 하고 사냐."

제임스는 먼 하늘을 쳐다보면서 크게 한숨을 내쉬더니 팔을 쭉 뻗어 기지개를 켰다. 구단에서 새로운 선수의 통역을 맡아달라고 했지만 거절했다고 한다.

"불편해. 다른 놈들은." 제임스는 고개를 절레절레 저었다.

"그럼 이제 호세는 뭐 한대?"

양민철의 물음에 제임스는 눈을 동그랗게 떴다.

"야구지. 당연하잖아. 우선 도미니카로 돌아가서 다시 기회를 봐야지."

그렇구나. 하긴 한국에서 떠난다고 야구가 끝나는 건 아니다.

호세와 앤디는 담담한 표정이었다. 앤디는 양민철에게 환하게 웃어주기도 했다. 짐을 다 싼 뒤에 다 같이 멍하니 서서 짐이 실린 트럭을 쳐다봤다. 짐은 배편으로 들어간다고 했다.

마지막으로 치즈버거를 먹기로 했다. 제임스가 포장해서 들고 왔다.

"양, 캐치볼 어때?"

호세가 멍하니 서 있는 양민철에게 글러브를 던졌다. 앤디가 고개를 끄덕여줬다.

결국 호세와 함께 양민철은 글러브와 치즈버거를 양 손에 하나씩 들고 옆 놀이터로 갔다. 마지막 캐치볼인가. 괜히 기분이 이상해졌다.

그때 호세가 갑자기 공을 던졌다. 깜짝 놀란 양민철은 저도 모르게 글러브를 뻗었다. 호세가 빨리 공을 던지라 고 재촉했다.

그렇게 서로 공을 던지기 시작했다. 점점 거리를 벌리 며 공을 던졌다.

그리고 다시 거리를 좁히면서 가까워졌다. 마운드 거 리 정도 됐을 때는 힘껏 전력투구했다. 팡팡, 글러브에 공 이 꽂히는 소리가 아파트 단지에 울려 퍼졌다.

캐치볼을 마치고 벤치에 앉았다. 숨이 차올라 헉헉대 는 소리가 났다.

한 손엔 치즈버거, 다른 한 손에는 글러브를 들고 호세 와 나란히 앉아 멍하니 놀이터를 바라봤다. 호흡이 조금 씩 차분해졌다.

"양."

호세가 부르는 소리에 고개를 돌려 쳐다봤다.

"연습은?"

이상한 걸 물어봤다. 지금 그런 걸 물어볼 때가 아니잖아. 하지만 호세는 진지한 표정이었다.

"양, Listen. 내가 없어도 계속 연습한다. 그리고 마운드에 섰던 느낌을 절대 잊지 마라. 계속 머리로 생각한다."

호세가 눈썹을 찡그리며 양민철의 머리를 가리켰다.

"양, 약속해라. Promise me. 계속 연습한다. 그리고 마운드에 선다. OK?"

호세가 양민철을 똑바로 바라보면서 말했다.

"Hey, here."

그러고는 자신의 글러브를 내밀었다. 노란색 글러브. 선발투수로 나갈 때 항상 마운드에서 끼던 그 글러브였다. 글러브에 쓰여 있는 글자가 보였다.

Just One Strike.

심플한 문구와 함께 호세 로드리게스의 이름이 필기체로 새겨져 있었다. 양민철은 고개를 들어 호세를 쳐다봤다.

"나한테 왜?"

"나는 이미 말했다. 너는 나한테 빚이 있다." 호세는 잠시 쉬었다가 말했다. "굿럭, my partner."

가장 마지막 'partner'라는 단어는 '빠뜨너'라는 발음으로 들렸다. 호세가 말하면서 씨익 웃었다.

하지만 호세의 얼굴이 잘 보이지 않았다. 눈앞이 흐려지면서 호세의 모습도 어그러졌기 때문이다. 양민철은 대답 대신 크게 고개만 끄덕였다.

트라이아웃* 날은 의외로 조용했다.

양민철은 손에 입김을 호~ 하고 불었다.

"그렇게 하고 싶으면 알아서 해. 그 똥고집을 누가 말려. 대신 꼭 성공해서 나 호강시켜줘."

미영과는 아침에 통화했다. 나름의 격려로 받아들였다.

"너도 참 대단하다, 대단해."

현쁀도 한마디 해줬다. 목소리 한편에 부러움이 느껴졌다.

올해 드래곤스의 트라이아웃에는 양민철을 포함해서 모두 51명이 지원했다. 그중 투수는 22명이었다. 몇 명이나 뽑힐지는 알 수 없었다. 아니, 한 명도 뽑히지 않을 확률이 더 높았다. 요즘 프로구단에서 트라이아웃은 생색내기에 불과하다. 여론에 떠밀려 어쩔 수 없이 한다는 정도다.

점퍼를 벗고 몸을 풀었다. 천천히 러닝을 하고 다른 선수와 짝을 이뤄 캐치볼을 했다.

일단 도전해보자. 어디까지 갈 수 있을지는 모르겠다. 하지만 갈 수 있는 데까진 가보자.

노란색 글러브를 내려다봤다. 글러브에 새겨진 글자를 보면서 주먹을 쥐었다.

그래, 공 한 개. 나 자신을 믿자.

"양민철."

잠시 후 양민철의 이름이 불렸다.

글러브를 챙겨 마운드로 걸어갔다. 마운드에 서서 포수 미트를 노려봤다.

우선 직구, 그다음은 체인지업.

글러브로 입을 가리고 크게 호흡을 했다. 하얗게 입김이 올라왔다.

양민철은 왼발을 치켜들며 힘껏 공을 던졌다.

* 선수 선발 테스트이자 입단 테스트

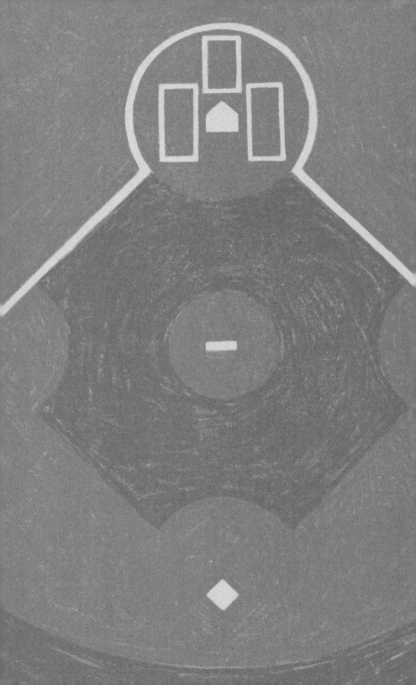

#6 용 단장

"에라이, 이 미련한 사람들을 봤나. 아니, 지금 우리 팀이 작년보다 쪼금 잘나간다고 시즌 끝난 줄 알아? 대체 뭐야, 엉? 우리가 지금 마음 놓고 있을 땐가? 작년에도 막판에 넋 놓고 있다가 얼마나 미끄러졌어? 결국 작년 우리 순위가 말이야……."

그러니까 또다시 그 타이밍에 브레이크가 걸렸다.

용 단장의 입이 갑자기 막혀버렸다. 머리가 멍해지면서 혀가 헛돌았다. 작년 최종 순위가 말이야…… 몇 위였지? 머릿속이 텅 비어버렸다. 숫자가 생각이 날 듯 말 듯 애를 태웠다. 머리에 떠오르는가 싶더니 다시 깜깜해졌다.

물벼락 맞은 생쥐들처럼 고개를 숙이고 있던 운영팀

직원들이 그제야 하나둘 고개를 들어서 눈치를 살폈다. 개중엔 이게 퀴즈인가 궁금해하는 무리도 있었다.

짧은 머리를 한 선수단 매니저 직원이 주변을 두리번 거리다 슬쩍 손을 들고 말했다.

"저기…… 저희가 작년에 7위까지 미끄러졌습니다. 죄송합니다."

그래, 7위. 4위를 달리다가 7위까지 떨어졌다. 비로소 머리가 돌았다.

"그래, 그걸 아는 양반들이 그러고 있나? 엉?"

바로 소리를 질러버렸다.

"하여간 다들 시끄러. 머리 맞대고 남은 시즌 운영 보고서 써서 내일까지 책상에 올려놔. 알았나?"

용 단장은 손을 휘저으며 직원들을 내쫓았다. 직원들은 꼬리가 밟힐까 뒤로 살금살금 물러서 사라졌다.

"휴."

혼자가 되니 비로소 한숨이 나왔다. 목이 갑갑해 셔츠 단추를 하나 더 풀었다. 에어컨 바람이 쌩쌩 돌고 있는데도 이마엔 땀이 한가득이었다. 얼굴에 뜨거운 열기가 느껴졌다. 보나 마나 얼굴은 새빨개졌을 거다.

책상 앞 커다란 의자에 몸을 뉘어서 천천히 숨을 쉬었다. 의자 길이에 비해 짧은 다리가 공중에 두둥실 떠올랐다. 왼쪽 뺨으로 한여름의 뜨거운 햇볕이 비쳤다.

또 막혀버렸다. 분명 아까 숫자를 생각하니 머리가 멍해졌다. 이젠 순위 같은 간단한 숫자조차 기억이 나지 않는 건가.

의자에서 몸을 일으켜 도리도리 고개를 저었다. 아니다, 설마. 그렇게 큰일은 아니겠지.

용우영 단장이 숫자를 생각하면 머리가 하얗게 된 지도 벌써 한 달이 넘게 흘렀다.

시작은 여름 초입이었다. 올스타 브레이크 전까지 순위를 끌어올리기 위해 팀원 모두가 신경이 예민하던 시기였다. 동시에 구단의 다음 연도 예산안을 짜느라 머리를 맞대던 때이기도 했다. 관리팀 직원들과 야근을 하면서 숫자를 맞췄다.

매년 본사의 예산이 줄어든다. 살림이 빠듯해진다. 조금만 방심해도 금세 숫자 단위가 넘어서버린다. 틈을 줄이기 위해 작은 부분까지 체크했다.

얼추 숫자가 나와 본사 임원에게 메일을 보내고 바로 전화를 걸었다. 하기 싫은 일은 빨리 끝내버리자는 게 용단장의 원칙이었다.

벨 소리가 울리자마자 바로 임원의 비서가 전화를 받

왔다. 비서가 잠시 기다리라는 말을 하자 디지털 음악이 흘러나왔다. 저절로 목으로 침이 꿀꺽 넘어갔다.

본사 임원은 야구단의 1년 예산을 결정하는 중요한 사람이다. 검은색으로 진하게 염색한 숱 많은 머리를 양옆으로 찰싹 붙이고 다닌다. 커다란 은테 안경까지 써서 꼬장꼬장한 인상이었다. 직책이 전무인지라 용 단장도 그 앞에선 항상 긴장됐다.

"네."

전화를 받은 임원은 인사도 없이 바로 네, 한마디였다. 하여간 정이 안 가는 인간이다.

용 단장은 가볍게 인사를 건네고 곧바로 용건으로 들어갔다. 대략적인 예산안의 취지를 설명하고, 여기저기서 푼돈을 줄였다는 점을 강조했다.

"그래서 내년 예산이 총 얼마라는 말씀이십니까?"

임원이 말을 자르며 물었다.

"아, 그러니까 내년 예산이……."

그때 갑자기 용 단장의 머릿속이 하얘졌다. 내년 예산? 예산 말이지? 그게 얼마였더라…….

식은땀이 흘렀다. 며칠 내내 관리팀과 맞춘 숫자인데…… 도무지 떠오르지 않았다. 숫자 몇 개가 머리 위에서 아른거리다 바로 사라져버렸다.

"용 단장님?"

"잠시만요, 전무님."

손이 떨리기 시작했다. 그래, 서류, 서류를 보자. 책상 위에 올려져 있던 서류를 뒤적거렸다. 최종본이 어디 있더라. 하지만 급하게 서류를 휘적이다 서류 뭉치가 바닥에 떨어졌다.

"아이씨."

자신도 모르게 중얼거렸다.

"용 단장님? 지금 뭐 하시는 겁니까?"

본사 임원이 싸늘한 목소리로 물었다.

"아니, 저기, 전무님께 한 말은 아니었고요. 아까 그 서류가 어디 있더라……."

"단장님, 지금 저 테스트하십니까? 숫자도 숙지 안 하고 전화하신 거예요?"

"아니, 저기, 그게 아니라…… 허 참, 어디 갔지……."

"단장님, 숙지하시고 나중에 다시 전화 주십시오. 끊습니다."

뚝 하고 끊기는 소리가 들렸다.

"아, 네, 저 죄송합—"

용 단장은 전화기에 대고 고개를 숙이다 멈췄다. 거울에 비친 자신의 얼굴과 마주쳤기 때문이다. 얼굴은 새빨갛게 달아올랐고, 눈은 당황한 듯 동그래져 있었다. 머리는 땀에 절어 찰싹 달라붙었다. 동네 우물에 빠진 똥개 같은 모습이었다.

전화기를 던져놓고 의자에 몸을 기댔다. 머리가 멍해졌다. 뭐지, 대체.

단장실 문이 슬쩍 열리면서 관리팀장이 머리를 들이밀었다.

"단장님, 어떻게 전무님께 보고는 잘 됐습니까?"

순간 화가 치밀었다.

"보고는 무슨 보고? 자네 지금 이 꼴 보고도 그런 걸 묻나?"

"네? 무슨 문제라도…….."

"시끄러. 예산안 한 장으로 알기 쉽게 정리해서 다시 가져와!"

소리를 질러버렸다.

관리팀장은 표정이 어두워지더니 천천히 문을 닫고 사라졌다. 곧 스스로에 대한 혐오감이 밀려왔다.

휴, 요즘 자꾸 화가 치밀어 오른다. 별것도 아닌 일에 불쑥불쑥 감정이 요동친다.

그래, 알고 있다. 요약본은 아까 서류에 있었다. 그냥 순간적으로 숫자가 생각이 안 난 것뿐이다. 갑자기 머리가 멍해졌었다.

정수기에서 냉수를 받아 벌컥벌컥 마셨다. 얼음도 섞어서 와작와작 씹었다. 그리고 다시 관리팀장을 불렀다. 관리팀장의 어두운 표정을 애써 외면했다. 미안하다는 말은 죽어도 하기 싫었다.

함께 예산안을 보면서 몇 번 더 브리핑했다. 종이를 보고 말할 때는 이상이 없었다. 하지만 막상 임원에게 다시 전화하기는 망설여졌다.

대신 관리팀 전원을 회식에 소집했다. 용 단장이 좋아하는 삼겹살을 안주 삼아 소주와 맥주를 섞어서 시원하게 원샷했다. 직원들이 알아서 먹기 좋게 고기를 구워줬다. 단장니임~ 하고 새된 소리로 아부를 떠는 직원도 있었다.

비로소 기분이 풀렸다. 요즘 너무 예민하다 보니 그랬나 보다. 별일 아닐 거다.

하지만 다음 날도 마찬가지였다. 본사 임원에게 숫자를 말하려고 하니 또다시 갑자기 머리가 멍해졌다. 손에 요약본을 들고 있는데도 눈앞의 숫자는 형태만 들어올 뿐, 입은 떨어지지 않았다. 용 단장님…… 이 말을 마지막으로 한참 침묵이 흘렀다.

결국, 그날 보고는 관리팀장이 대신했다. 스피커폰 너

머 들리는 임원의 목소리가 싸늘했다. 분명 자신에게 반항한다고 생각했을 것이다. 하긴 용 단장도 스스로 이해가 되지 않는 상황이었다.

이후 증상이 점점 더 심해졌다. 복잡한 숫자를 시작으로, 다음은 사칙연산이 생각나지 않더니, 최근엔 간단한 숫자조차 기억이 나지 않았다. 어렴풋이 숫자의 모습은 잡히는데 구체적인 건 떠오르지 않았다.

큰 충격이었지만 다른 사람에게 말할 수는 없었다. 숫자를 잊어버린 야구단장이라니…… 매스컴에 흘러 들어가는 날에는 어떤 일이 생길지 상상도 되지 않는다. 다들 신나서 물어뜯겠지.

우울한 기분을 안고 집으로 돌아왔다. 최근엔 밖에서 술 마시는 일도 시들해졌다. 대신 퇴근하면 바로 집으로 와서 밥을 먹으며 한 잔씩 곁들였다. 홈경기 때는 야구장에서 야간 근무를 하지만, 원정경기 때는 저녁에 바로 퇴근이다. 원래는 원정경기가 있는 날 저녁때면 사무실에서 야구를 보거나 지인들과 술자리를 잡았다.

아파트 입구에 차를 세우고 내렸다. 인사를 하는 노 기사에게 살짝 고개만 끄덕여줬다. 오래된 아파트의 입구로 들어섰다. 이 아파트에서 산 지도 벌써 10년이 훌쩍 넘었다. 처음 생겼을 때는 지역에서 보기 드문 대형 평수로 제법 인기가 높았다. 가격 또한 지역 최고가를 찍기도 했다. 하지만 그사이 아파트값이 곤두박질쳤다.

삐리릭 하는 소리를 내며 현관문이 열렸다.

"할아부지!"

손자들이 쪼르르 달려와 안겼다.

"아버지, 오셨어요?"

맞은편에 사는 딸네가 온 모양이었다. 요즘 거의 매일 저녁 용 단장의 집에 와서 저녁을 때우고 있다. 시집을 간 게 맞는지 헷갈릴 정도다.

"할아부지, 빨리 와봐. 지금 주자 두 명 나갔어. 김만정 선수가 칠 차례야."

큰 녀석이 TV 앞으로 손을 끌었다. TV에선 야구 중계가 한창이었다. 1회 초 드래곤스의 공격, 원아웃 주자는 1, 2루에 타석은 포수 김만정이었다.

저절로 인상이 써졌다. 어이, 우 감독, 생각이 있는 거야? 초반에 조금 반짝했다고 저 녀석을 4번에 기용하다니.

1군에 올라오자마자 불꽃 같은 타격을 선보이던 김만정은, 최근 다시 제 실력을 찾아가고 있다. 간신히 안타 한 개씩 찔끔거리곤 있지만, 기본적으로 타구가 바닥을 기고 있다.

왠지 저놈 병살타 예감이다.

용 단장의 예감대로 김만정이 친 타구는 빌빌거리면서 상대 팀 유격수의 글러브에 빨려 들어가더니 2루수와 1루수의 글러브에 차례로 사이좋게 들어갔다. 6-4-3, 완벽한 병살 플레이였다.

"으이구, 저 쪼다 같은 놈들."

입에서 험한 말이 나왔다. 옆에서 손자들도 머리를 쥐어뜯으며 바닥에 쓰러졌다.

"아버지, 애들 앞에서 말 좀 가려서 하세요."

딸내미가 옆에 와서 잔소리했지만 못 들은 척했다. 자연히 시선은 중계 화면에 고정됐다. 손자들은 언제 낙담했냐는 듯 어느새 자리에서 일어나 떠들썩하게 응원을 보내고 있었다.

잠시 손자들의 얼굴을 쳐다봤다. 녀석들, 야구가 그렇게 재미있나.

손자들은 쌍둥이다. 1분 차이로 형 동생이 결정됐다. 둘 다 외자 이름을 쓴다. 첫째는 준, 둘째는 훈, 합쳐서 주니 후니라고 부른다.

용 단장의 영향 때문인지 쌍둥이도 야구에 푹 빠져 살았다. 이제 막 초등학교 2학년에 올라간 녀석들이 선수들 타율과 방어율을 줄줄이 외우고 다닌다.

"다음 날 스포츠 신문 오면 기록 부분만 오린다니까 요."

딸이 대견한 듯 호호 웃으며 말하기도 했다. 딸도 결혼 전까진 야구광이었다. 한때 야구 선수와 결혼하는 게 장래 희망이던 시절도 있었다. 지금은 야구 대신 일일 연속극에 빠져 있다.

다 같이 밥을 먹으면서 중계를 보게 됐다. 최근 원정경기 때마다 되풀이되는 일상이다. 하지만 그날도 답답한 경기였다. 요즘 드래곤스는 푹 젖은 신문지 같은 팀이 됐다. 팀 전체가 가라앉았다. 패기 없는 병사들이다. 이날도 주자는 출석하듯 출루했지만 후속 타자는 바로 조공을 바치는 신하처럼 상대 팀에 아웃 카운트를 갖다 바쳤다. 그때마다 용 단장도 뒷목을 잡았다.

"에라이, 저 똥강아지 같은 놈들."

자연스럽게 또 험한 말이 나왔다.

몇 번 경고를 보내던 딸이 결국 애들을 데리고 일어섰다.

"애들아, 도저히 할아버지하고 같이 못 보겠다. 집에 가자."

"엄마, 이번 회까지만 보고, 응?"

준이와 훈이는 바닥을 잡고 늘어지며 엄마에게 끌려갔다.

용 단장은 딸네에게 대충 눈인사를 보내고 다시 중계에 시선을 돌렸다.

벌써 수십 년 동안 야구를 보면서도 눈을 뗄 수가 없다. 만약, 혹시, 여기서, 라는 생각이 들었다.

하지만 헛된 기대였다. 두 팀의 점수 차는 점점 벌어지더니 최종 스코어 3대 10으로 경기를 마쳤다.

또다시 완패다. 이로써 몇 연패더라. 어제까지…… 머릿속이 하얘졌다. 어제까지의 연패에 1을 더하면 되는데 생각이 나지 않았다.

화면에 우 감독의 얼굴이 나왔다. 우 감독은 뚱한 표정으로 팔짱을 끼고 인상을 썼다. 모자 옆으로 흰머리가 삐져나왔다.

"저런 답답한 양반 같으니라고……."

용 단장의 얼굴이 일그러졌다.

우 감독은 모자를 벗어서 머리를 헝클이더니 더그아웃 안으로 사라졌다. 가뜩이나 숫자 때문에 답답한데 저 인간 얼굴까지 보니 고구마 열 개를 동시에 삼킨 기분이었다.

"여보, 말 좀 곱게 해요."

마누라가 상을 치우면서 타박을 했다.

"시끄러. 당신은 알지도 못하면서. 조용히 상이나 치워."

괜히 마누라에게 짜증이 났다.

"뭐라고요?"

상을 치우던 마누라의 눈이 옆으로 찢어졌다.

"상이나 치우라니. 그게 밥상 차려준 사람한테 할 소리 예요?"

마누라의 목소리가 높아졌다. 비로소 용 단장도 마누라 얼굴을 흘끔 쳐다봤다.

요즘 마누라의 기가 점점 세지고 있다. 신혼 때는 용 단장 한마디에 깨갱하던 사람이었는데.

"그리고 말이 나와서 말인데, 요즘 왜 그렇게 버럭버럭 화만 낸대요? 손자들 앞에서도 그렇지, 말 좀 가려서 하라고 그렇게 말하는데 그걸 못 해요?"

본격적으로 팔을 걷어 올리며 따지고 들었다.

용 단장은 못 들은 척 TV에 시선을 고정했다. 이럴 땐 딴청 하는 게 최고다. 비가 내리면 피해야 한다.

"이것 봐, 또 못 들은 척."

마누라가 혀를 끌끌 찼다.

"당신 이렇게 하다간 나중에 밥도 혼자 차려 먹어야 할 테니까 그리 알아요. 사람이 고마워할 줄을 몰라. 상은 알아서 치우든지 말든지."

확 쏘아붙이곤 안방으로 사라졌다. 그제야 용 단장도 비로소 어깨를 폈다.

휴, 마누라한테까지 들들 볶이고 무슨 신세람.

용 단장은 대충 상을 정리하고 서재로 들어갔다. 서재 한구석에 놓인 침대에 기대앉아 담배를 입에 물었다. 이 집으로 이사 오면서 부부가 자연스럽게 방이 나뉘었다. 이 나이 되면 혼자 자는 게 편하다.

창밖을 보면서 후~ 하고 담배 연기를 내뿜었다. 창 너머 찻길엔 헤드라이트 불빛이 가득했다. 다들 바쁘게 사는구나.

침대에 드러누워서 천장을 쳐다봤다. 천장 벽지 무늬가 새삼스러웠다. 저런 벽지는 누구 취향인지.

생각은 다시 자신에 대한 불만으로 이어졌다.

정말 요즘 왜 이렇게 화가 치미는지. 별것도 아닌 일에 벌컥벌컥 화가 난다. 원래 다혈질이긴 했다. 하지만 요즘은 스스로 생각해도 과하다. 아마 단장을 단 이후겠지.

지역 상고 출신인 용우영이 단장에 부임한 것은 분명 스스로 대견한 일이었다. 고졸 단장은 유례가 없었다.

용 단장은 지역에서 꽤 유명한 상고를 졸업했다. 가난한 집안 형편 때문에 어쩔 수 없었다. 당시엔 용 단장처럼 공부를 제법 하는 학생들도 상고에 가는 경우가 흔했다.

고등학교를 졸업하고 바로 지역에 있는 대기업 회계팀

에 들어갔다. 의류로 유명한 기업이었다. 그곳에서 사회 생활을 시작했다.

하지만 워낙 야구를 좋아했다. 1982년 프로야구라는 것이 이 땅에서 시작된 후, 많은 것이 바뀌고 있었다. 용 단장의 일상도 바뀌었다.

지역 연고로 창단한 드래곤스는 용 단장의 일상을 뒤흔들었다. 용 단장이 파란색을 가장 좋아하게 된 이유도 그것이 드래곤스의 색깔이기 때문이었다. 물론 드래곤이라는 마스코트도 멋있었다. 다른 팀들의 곰, 호랑이, 거인같은 건 시시해 보였다. 응원할 자격이 있는 팀이라는 자부심이 들었다.

입사 후에도 퇴근만 하면 바로 야구장으로 달려갔다. 야구장에서 고래고래 소리 지르며 맥주를 들이켜면 고단하던 하루를 잊을 수 있었다. 하루 일과 중 용 단장이 가장 사랑하는 순간이었다. 야근하며 창고에서 몰래 라디오 중계를 듣기도 했다. 중계를 들으면서 역전 홈런에 소리 지르다 부장에게 걸려 혼쭐이 난 적도 있었다.

지금의 마누라도 야구장에서 만났다. 마누라도 야구장 단골손님이었다. 야구장에 출석하는 무리끼리 자연스럽게 근처 시장에서 막창에 소주를 들이켜는 게 일상이 됐다. 그리고 그 가운데 마누라에게 눈길이 갔다. 눈을 반짝이며 1루에서 2루를 훔친 얘기를 하는 여자는 아름다운 법이니까.

그러던 중 야구단에서 직원을 모집한다는 소식을 들었다. 바로 지원했다. 꿈의 그라운드. 운 좋게 야구단의 회계팀으로 옮기게 됐다. 관계사 직원 자격이었다. 당시만 해도 계열사 간 이직이 잦던 시기였다.

그로부터 25년이다.

까까머리 신입사원은 과장과 부장을 지나, 단장이라는 자리까지 올랐다. 스스로 생각해도 드라마 같았다. 그렇게 동경하던 세계에서 가장 높은 곳까지 왔다. 지금 이 순간에 후회 없이 최선을 다하고 싶다.

그랬는데 말이지⋯⋯.

용 단장은 이불을 걷어차고 일어났다. 설마 큰일은 아니겠지.

결국, 그날 밤은 홀랑 새워버렸다. 몸도 피곤하고 머리도 복잡했다. 뒤척거리다 보니 날이 밝아왔다. 할 수 없이 동네 사우나에 가서 몸을 푼 뒤, 일찍 출근했다.

단장실 소파에 몸을 누였다. 에어컨 바람이 머리카락을 흩날렸다. 시선이 벽에 걸린 화이트보드에 닿았다. 드래곤스 선수들의 현황이 정리돼 있었다. 현재 1군 주력 선수부터 백업, 2군 선수들까지 쭉 늘어서 있다.

자리에서 일어나 보드판을 처다보다 옆에 있는 책장으로 시선을 옮겼다. 그중 책 하나에 손을 뻗었다. 꽤 두꺼운 책 표지는 손때가 묻어 반들거렸다.

『머니볼』. 용 단장이 처음 읽고 신선한 충격을 받았던 책이다.

『머니볼』은 미국 오클랜드 야구팀의 빌리 빈이라는 단장에 관해서 쓴 르포다. 돈이 없는 약팀이던 오클랜드를 확 바꾼 빌리 빈 단장, 그의 비결이 바로 남들과 다른 숫자를 발견한 것이다.

이전까지 타율과 홈런 개수에 집착하던 다른 팀들과 달리, 빈 단장은 출루율에 관심을 가졌다. 그리고 출루율은 높지만, 시장에서 과소평가된 선수들을 모았다. 덕분에 오클랜드는 세간의 예상을 깨고 가을 야구에 진출했다.

그래, 이거다. 야구는 숫자야. 책을 읽고 용 단장은 짜릿한 전율을 느꼈다.

원래 용 단장에게 숫자는 친숙한 존재였다. 어릴 때부터 산수에 강했다. 상고에서도 주판으로 계산하는 속도는 1, 2등을 다퉜다. 덕분에 회계팀에서도 두각을 나타낼 수 있었다.

야구에 빠진 이유도 숫자 때문일지 모른다. 야구는 숫

자로 이뤄진 스포츠였다. 모든 선수의 능력이 숫자로 표현된다. 타율, 홈런, 도루, 방어율, 승리와 패배 등 매일 새로운 숫자들이 그날의 야구를 정리했다.

숫자를 통해서 야구를 공부해보자, 그렇게 결심하고 많은 노력을 했다. 덕분에 당시 야구단에서 드물게 숫자에 정통한 프런트라는 평가를 들었다. 선수 출신 직원들과의 경쟁에서 자신만의 경쟁력이라고 확신했다. 선수 출신들이 '감'을 얘기할 때, 용 단장은 '데이터'를 앞세웠다. 불확실한 감은 싫었다. 확실한 데이터가 좋았다.

물론 지금은 그 숫자가 자신을 옭아매고 있지만.

오후에 감독실로 향했다. 전날 원정경기에서 연패를 기록한 선수단을 생각하면 이가 빠득빠득 갈렸지만, 그래도 홈경기 첫날이니 감독 얼굴은 봐야 할 것 같았다.

슬그머니 감독실 문을 열었다. 우 감독의 커다란 덩치가 보였다. 잔뜩 인상을 쓴 채 담배를 물고 있었다. 그 앞에는 수석코치가 앉아 있었다. 좁은 감독실이 담배 연기로 가득했다.

"앗, 단장님. 오셨습니까."

용 단장을 발견한 수석코치가 황급히 일어섰다. 우 감독도 슬쩍 아는 체를 했다.

"아, 수석님. 편히 앉으시지예. 그냥 인사나 드리려고 온 겁니다. 허허."

용 단장이 절레절레 손을 흔들었지만 수석코치는 모자를 챙겨서 일어섰다.

"아닙니다. 단장님. 저도 야수 미팅이 있어서……."

수석코치가 슬그머니 문밖으로 나갔다. 용 단장을 피한다는 게 느껴졌다.

용 단장은 우 감독 맞은편에 앉아서 담배를 물었다. 막상 앞에 앉으니 마땅히 할 말이 생각나지 않았다. 하긴 연패 중인 장수에게 무슨 말을 할까.

우 감독이 슬금슬금 자신의 눈치를 살피는 게 느껴졌다. 그 시선이 더 짜증났다.

용 단장은 대충 몇 마디 의례적인 말을 건네고 자리에서 일어났다. 우 감독이 굳은 표정으로 인사를 했다.

잔뜩 얼어 있다. 장수가 저렇게 얼어 있는데 무슨 전쟁을 하겠는가. 용 단장은 속이 답답했다. 하지만 어쩔 수 없었다. 우 감독과는 운명 공동체 같은 사이다.

원래 우 감독과는 선수 시절부터 친했다. 서로 형 동생 하면서 어울렸다. 우 감독은 워낙 사람이 좋아서 주변에 친구가 많았다. 용 단장도 제법 술을 얻어먹었다. 함께 나이트클럽에 가서 부킹을 하기도 했다. 선수와 함께 가면 인기가 좋았다. 당시만 해도 직원과 선수들이 어울리는 일이 잦았다.

둘의 우정은 우 감독의 코치 시절까지 이어졌다. 용 단장은 우 감독의 우직한 면이 마음에 들었다. 그러니 용우영이 단장으로 부임하면서 그를 감독 자리에 추천한 것도 당연한 절차였다. 믿음을 잔뜩 실어줬다.

하지만 기본적으로 감독 깜이 아닌 사람이다. 배포가 작다. 전쟁터라는 냉정한 무대에 어울리지 않는 사내다. 호인이라는 장점은 뒤집어보니 마음이 약하다는 단점이 됐다. 냉정하지 못하고 정에 이끌리며 온정 때문에 결심의 순간 자꾸 흔들린다.

얼마 전 용병을 바꾸는 일도 그랬다. 힘이 떨어진 게 훤히 보이는 호세라는 용병을 끝까지 감싸고돌았다.

"경험이 있으니 곧 올라올 겁니다."라는 우 감독의 말에 용 단장은 "아니, 감독님. 그럼 저놈 때문에 나 잘리면 감독님이 책임질 겁니까? 네? 감독님은 데이터 안 보세요? 힘이 떨어진 게 딱 보이잖아요." 하고 쏘아붙였다. 또 "그래도 저 믿고 온 놈인데, 어떻게……." 하길래 기가 차서 "감독님, 용병은 용병입니다."라고 가슴을 치면서 말했다.

결국 용병을 교체했고, 그건 옳은 선택이 됐다.

새로 온 조지 매티스라는 놈은 싱싱했다. 호세 같은 늙다리와는 달랐다. 호세가 그대로 있었다면 후반기 반등도 없었을 것이다. 언론도 용 단장의 공으로 인정하는 부분이다.

자고로 리더에겐 냉정함이 필요하다. 우 감독에겐 그런 면이 없다.

답답한 마음을 달래려 관중석을 돌았다. 몇몇 관중이 용 단장을 보고 아는 척을 했다. 용 단장은 이미 지역의 명사였다. 신문에도 여러 번 소개됐다. 고교 동창생 모임에서 가장 성공한 동창으로 상을 받기도 했다.

뒷짐을 지고 걷고 있으려니 멀리서 이 과장과 민 차장이 쪼르르 달려왔다. 흥, 하고 외면했다. 답답한 녀석들. 최근 야구장 보안이 엉망이다. 극성팬 통제도 제대로 못하고 있다.

그때 등 뒤에서 앙칼진 목소리가 들렸다.

"아이고, 이게 누구십니까. 그 대단하신 용 단장님 아니신교?"

뒤통수가 싸해졌다. 아, 이 목소리는…….

"왜 못 들은 척합니까? 무슨 바쁜 일이라도 있습니까?"

목소리의 주인공은 어느새 용 단장의 앞을 막아섰다.

머리에 삼각형 모자를 착용하고 팔을 걷어붙이고 있었
다. 열혈팬 꼬깔콘 아줌마였다. 그 옆에 빨간 머리와 파
란 머리를 한 친위대 녀석들도 낯익었다.

"허허, 그동안 안녕하셨습니까. 여전히 목청이 카랑카
랑하시네예~"

팬들의 시선을 의식하면서 용 단장은 억지로 미소를 지
었다. 하지만 입꼬리가 떨렸다. 두리번거리며 이 과장 무
리를 찾았다.

"목청이고 나발이고, 단장님. 나랑 면담 좀 하입시다.
팬 대표로 한마디 하겠습니다. 지금 팀 꼬라지가 이게 뭡
니까? 네? 무슨 대책이라도 있습니까?"

꼬깔콘 아줌마가 목에 핏대를 세우며 한 걸음 더 다가
왔다.

"그리고 저 미련탱이 곰 감독은 언제까지 쓸 겁니까?
네? 단장님 바지 감독이라고 너무 싸고도는 거 아닙니까?
말씀 좀 해보이소."

아줌마의 데시벨이 더 높아졌다. 용 단장의 얼굴 근육
도 파르르 떨렸다.

꼬깔콘 아줌마는 용 단장도 잘 아는 사람이다. 예전 학
교 다닐 때부터 유명하던 여자였다. 지역에서 알아주던
일진 출신이다. 용 단장 학교 근처의 여상에서 제법 이름

을 날렸다. 소싯적엔 치마에 옷핀을 꽂고 침 좀 뱉던 괄괄한 여자였다. 지금이야 그때 모습을 찾아볼 수 없지만, 성격은 여전했다.

아, 여기서 저 아줌마를 만나다니. 오늘 운세가 왜 이러냐.

이 과장 무리가 멀리 기둥 뒤에 숨어 있는 게 보였다. 저런 못난 녀석들.

"그래서 단장님 대책이 대체 뭡니까? 우리가 지금 몇 등까지 떨어졌습니까? 네? 말씀 좀 해보이소."

"아이고, 진정 좀 하이소. 저희가 지금 순위가……."

하지만 숫자를 생각하니 다시 머리가 하얘졌다. 우리 순위가 그러니까…… 몇 위더라.

"왜 말을 못 합니까? 부끄럽습니까? 아니면 지금 팬들을 무시하는 겁니까?"

아줌마가 닦달해도 머리는 돌아가지 않았다. 현실감이 사라졌다. 사람들의 소리가 멀어져갔다. 아줌마는 용 단장의 침묵을 패배로 받아들였는지 더욱 기세를 올리며 몰아붙였다.

"꼬깔콘, 꼬깔콘."

몽매한 대중들이 한소리로 외치기 시작했다.

용 단장은 보안팀의 경호를 받으며 간신히 자리에서

빠져나왔다. 대중으로부터 멀어지니 비로소 머리가 돌아갔다. 그리고 멀리 숨어서 지켜보던 이 과장 무리가 생각났다. 화가 치밀었다. 상사가 곤란을 겪고 있는데 부하들은 숨어 있다니.

이 녀석들, 엄벌에 처하리라.

이날 경기도 참패였다. 8연패였다. 8연패라니. 후반기 시작과 동시에 연승으로 3위까지 끌어올렸던 순위는 5위를 지나 6위까지 떨어질 위기였다. 상위 네 개 팀이 겨루는 가을 야구에 진출하기 위해선 반드시 4위 안에 들어야 했다.

아, 열 받아. 용 단장은 경기를 마치자마자 단장실에서 나왔다.

잡담을 나누던 직원들이 순식간에 조용해졌다. 다들 노트북 모니터에 코를 박았다. 직원들을 보니 속이 터졌다. 다들 한심해 보였다.

집에 가서 드러눕고 싶었지만 지역 기자들과 만찬이 있는 날이었다. 검은색 그랜저에 올라 창문 너머 밤거리를 바라봤다. 식당 간판들이 스쳐 지나갔다.

드래곤스가 마지막으로 가을 야구를 한 지도 올해까지 합하면 10년이 된다. 까마득한 옛날 얘기다. 용 단장은 자신이 물러나기 전에 반드시 가을 야구를 하고 싶었다. 그래서 더 악착같이 일을 하고 있는지도 모르겠다.

딱 한 번만. 딱 한 번만 가을 야구를 해보고 싶다.

약속 장소는 허름한 횟집이었다. 용 단장이 과장 시절부터 단골로 드나들던 집이다. 이 집에서 마신 술만 쌓아도 몇 짝은 될 거다.

"아이고, 단장님, 오늘 일등이시네."

횟집 사장이 알은 체를 했다. 사장의 머리도 부쩍 희끗희끗해졌다. 지금 사장은 아버지의 대를 이은 2대째 사장이다. 용 단장이 처음 봤을 때는 반항적인 고등학생이었지만 지금은 착실한 양이 되어 횟집을 이끌고 있다.

자리에 앉아서 냉수를 들이켰다. 기자들과의 자리라 감정을 가라앉힐 필요가 있었다.

구단을 운영하는 입장에선 아무래도 여론 눈치를 볼 수밖에 없다. 특히 지역 미디어의 힘은 아직도 살아 있다. 삐치기라도 하면 곤란하다. 작년에도 시리즈로 '드래곤스, 이대로 되겠는가?' 부류의 기사를 주야장천 써대는 바람에 꽤 곤욕스러웠었다.

심호흡을 하다 보니 기자들이 우르르 몰려왔다.

"아니, 단장님. 왜 이렇게 일찍 오셨대. 야구장에서 도망이라도 치셨나."

선임 기자인 윤 기자가 인사를 건넸다. 존댓말도 반말
도 아닌 애매한 말투였다. 나이도 한참 어린놈이. 부글부
글 속이 끓었지만 웃는 얼굴로 맞았다.

"아이고, 윤 기자님. 무슨 말씀을요. 괜히 저희 땜에 기
자님들이 고생 많으시죠."

용 단장은 두 손으로 윤 기자의 손을 어루만지며 악수
했다. 윤 기자는 가뜩이나 퉁퉁한 얼굴이 최근 더 부어서
터지기 직전이었다. 식탐이 상당한 친구였다. 쉼 없이 젓
가락을 놀리는 통에 항상 안주가 모자랐다. 얄미웠지만
명색이 기자라 못 본 척해줬다.

윤 기자는 볼을 절레절레 흔들었다.

"그렇잖아도 위에서 안 조지고 뭐 하느냐고, 아주 난립
니다, 난리."

"허허, 왜 그러십니까. 금방 또 치고 올라갈 건데. 야구
하루 이틀 보는 것도 아니고."

괜히 오버하며 어깨를 들썩이곤 윤 기자에게 잔을 건
넸다.

기본적으로 지역 미디어는 팬의 마인드로 야구를 본
다. 기자들 역시 지역에서 자란 사람들이 대부분이다. 그
러다 보니 이성보다는 감정이 앞선다. 잘할 때는 치켜세
우지만 못할 때는 더 잔인하다.

기자들을 달래려 재빨리 소폭을 말았다. 테이블을 둘로 나눠 상석에선 용 단장이, 옆 테이블에선 홍보팀 직원이 말기 시작했다. 빨리 취해버리라는 의미에서 소주와 맥주를 1대 1의 비율로 섞었다.

이야기는 자연스럽게 드래곤스의 문제점으로 이어졌다. 이미 용 단장 귀에 딱지가 박히도록 들은 얘기였다. 용 단장에게는 아마추어 야구팬들의 성토 수준으로 들렸다. 정작 얘기하는 본인들만 진지했다. 용 단장도 대충 분위기를 맞춰주면서 잔을 말았다.

"아니, 그래서 단장님. 그 1번 타자는 언제까지 쓸 거에요? 타율도 떨어졌는데 안 바꿔요?"

또 저 소리. 용 단장은 슬쩍 인상을 찌푸렸다.

최근 미디어의 주요 레퍼토리 중 하나다. 타순을 바꾸라는 주문. 특히 지금의 1번 타자는 타율이 떨어졌으니 2군에서 쌩쌩한 친구로 교체하라는 말이었다.

바보 같은 소리. 아무리 2군에서 날아다녀도 1군과는 하늘과 땅 차이다. 더군다나 현재 1번을 치는 선수는 통산 출루율이 압도적인 타자다. 기본적으로 눈 야구를 하는 선수라 테이블세터에 최적이다. 노련한 수비는 말할 것도 없다. 외야에서 미리 수비 위치를 잡아 안정적으로 공을 잡는 선수다.

대충 박자를 맞춰줬지만 타율, 타율 하는 타령엔 슬쩍 부아가 치밀었다.

"에이, 그건 윤형이 몰라서 하는 말이지. 야구에서 타율이 전분가. 언제 적 얘기를 하고 그러시나 몰라."

껄껄 웃으면서 말했지만 용 단장의 이마에는 빠직 힘이 들어갔다. 윤 기자의 표정도 굳어졌다. 후배 기자들 앞에서 취재원에게 무시를 당했다고 생각하는 것 같았다. 기자들은 기본적으로 자존심 하나로 사는 녀석들이었다.

결국 윤 기자와 타율에 대해서 논쟁을 벌이고 말았다. 평소엔 져주던 주제였지만 용 단장도 그날만은 지기 싫었다. 바보 같은 타령에 신물이 났다.

"아니, 그래서 단장님은 뭐가 그렇게 잘나셨나. 그럼 교수를 하시지 왜 야구장에서 일하신대."

윤 기자는 얼굴까지 달아오르기 시작했다. 옆 테이블 홍보팀 직원의 얼굴도 파랗게 질렸다. 용 단장도 기분이 상해서 소폭을 원샷해버렸다. 꺼억, 하는 트림 소리가 났다. 앞에 놓인 회를 한 점 입에 물고 질겅질겅 씹었다.

하여간 어디 가나 바보 같은 놈들이 문제다. 괜히 화가 치밀었다.

다음 날 눈을 뜨니 머리가 지끈거렸다. 시계를 보니 평소 기상 시간을 한참 지나 있었다.

비틀비틀 거실로 나왔다. 마누라가 타놓은 꿀물이 보였다. 요즘 마누라 얼굴 보기도 힘들다. 혼자 바쁘다. 그나마 꿀물이라도 타주는 걸 고맙게 생각해야 하나. 꿀꺽 꿀꺽 꿀물을 넘겼다.

몽롱하게 어제 기억이 났다. 횟집에서 어색했던 분위기는 2차 노래방에서 풀렸다. "내가 윤 형 사랑하는 거 알지?" 하면서 윤 기자의 볼에 입을 맞추기도 했다. 볼에 살이 많아서 폭신했다. 윤 기자도 "형님, 제가 다 알죠." 하면서 헤헤거렸다. 결국 둘이 「사랑의 대화」를 합창하면서 자리는 훈훈하게 마무리됐다.

그래도 기자들과 언쟁을 벌인 건 좀 그랬다. 연패 중이라서 그런가. 어젠 속이 부글부글 끓어서 스스로 자제하기 어려웠다.

거실에 놓인 신문을 펼쳤다. 어제 접대한 지역신문들에 먼저 눈이 닿았다.

전날 경기 내용에 대해서 스트레이트하게 적고 하단에 문제점을 조목조목 지적한 구성이었다. 헤드라인이 눈에 밟혔다.

'드래곤스 충격의 8연패, 이대로 가을 야구 끝?'

하여간 좀 긍정적으로 쓰지, 원. 혀를 끌끌 차면서 기사를 읽었다.

감독의 전술에 의문을 제기하는 후반부를 훑어봤다. '결국 3할 타자 A를 벤치에 놔두는 게 문제다. 아무리 경험이 중요해도 B의 타율은 2할 5푼까지 떨어졌다. 공격력에서 손해가 크다'라는 내용이었다.

이런 바보들. 이러니 독자들도 쓸데없이 타율에 매달리고 리빌딩에 목을 맨다.

A와 B의 차이는 타율이 전부가 아니다. 우선 외야 수비에서 상당한 차이가 난다. A가 다이빙 캐치하는 볼을 B는 미리 위치를 잡아 안정적으로 잡아낸다. 다이빙 캐치를 호수비라며 칭찬하겠지만 그건 A가 아직 수비 위치를 잡는 데 미숙하기 때문이다.

더군다나 A는 타율만 높은 유형이다. 편한 투수를 상대로 톡톡 끊어쳐서 타율을 올리는 얌체 타입이다. 좌투수에게 약하다는 치명적인 약점도 가지고 있다.

반면 B는 출루에 최적화된 선수다. 상대 투수의 공을 오래 보고 참아서 다음 타자에게 기회를 연결해준다. 작전 수행 능력에서도 차이가 크다. 나이 얘기를 하지만 아직 그라운드에서 제 몫을 해줄 수 있는 선수다. A가 앞서는 부분은 주력 정도. 그래서 후반에 대주자로 기용하는 것이다. 아무리 우 감독이 멍청해도 이 정도는 계산해서 운영하고 있다.

이런 기본적인 차이도 모르면서 타율만 가지고 기사를 쓰고 있다. 그리고 이런 기사를 근거로 꼬깔콘 아줌마 같은 팬들이 구단을 압박한다. 하여간 언론이 문제다.

타율은 버려도 된다. 이게 용 단장의 생각이다. 훨씬 중요한 다른 숫자들이 많다.

승리 기여도인 WAR, 승부처에서 얼마나 승리 확률을 높였는지를 따지는 WPA 같은 숫자는 이제 기본이다. 여기에 최근 메이저리그에선 수비 능력까지 숫자로 측정하고 있다. 트렌드에 뒤처진 국내 언론이 답답했다. 이런 언론들이 몽매한 대중을 만든다.

소파에 몸을 누였다. 구석에 놓인 베개에 머리를 대고 멍하니 천장을 쳐다봤다.

바보들 무리가 가득한 야구장이 한심하게 느껴졌다.

무거운 몸을 이끌고 야구장으로 출근했다. 3연전 중 두 번째 홈경기가 있는 날이었다. 더구나 팬들이 가장 많은 토요일이었다. 저녁때 오랜만에 가족들도 야구장으로 초대했다.

단장실에 앉아서 야구장을 바라봤다. 그라운드 키퍼들

이 그라운드에 물을 뿌리고 있었다. 무진의 여름은 전국적으로 유명했다. 그래서 드래곤스는 전통적으로 여름에 강했다. 상대 팀에 비해서 유리한 계절이다. 물론 올해 여름은 극과 극의 롤러코스터지만.

경기 전 운영팀 직원들과 회의를 했지만 뾰족한 대책이 나오지는 않았다. 프런트의 역할에도 한계가 있다. 전쟁터에서 싸우는 건 현장이다. 슬럼프를 극복하는 것도 기본적으로 현장의 몫이다.

오후 3시가 넘어서자 팬들이 입장하기 시작했다.

잠시 관중석을 돌까 하다 그냥 단장실에 있기로 했다. 꼬깔콘 무리에게 습격을 당한 후로는 관중석을 걷기도 겁이 났다.

경기 시작하기 얼마 전 가족들을 데리러 갔다. 그날 관람을 위해 스윗박스 하나를 예약해뒀다. 물론 무진 야구장의 스윗박스라고 해봐야 낡은 방에 작은 간판으로 '스윗박스'라고 표시한 게 전부였다. 구색만 맞춘 정도다. 이런 곳이라도 서로 먼저 예약을 하느라 난리다.

"할아부지!"

주니 후니가 뛰어와 안겼다. 손자들 얼굴을 보니 비로소 얼굴이 풀렸다. 녀석들과 있을 때 마음이 편해진다. 그날은 스윗박스에서 가족들과 함께 관람하기로 했다.

곧 응원단상에서 경기 시작을 알리는 음악 소리가 들렸다.

"최강 무진 드래곤스의 승리를 위해, 오늘의 라인업을 외쳐보겠습니다. 1번 타자~"

오늘 선발투수는 용 단장의 야심작 조지 매티스. 팀에서 가장 믿을 만한 선수다. 오늘 게임은 반드시 잡아야 한다.

가족들과 앉아서 경기를 지켜봤다. 손자들은 관중석으로 이어지는 창문에 바짝 붙어서 봤고, 마누라와 딸은 커피를 홀짝이면서 방에 놓인 TV를 통해 봤다. 방에서 관중들이 환호하는 소리가 직접 들렸다.

그날도 팽팽한 경기였다. 용 단장은 속이 쓰리기 시작했다. 오늘도 불길한 예감이다. 손자들은 뚫어져라 경기를 보다 테이블에 놓인 스포츠 신문을 집어 들었다.

"어, 할아버지, 이거 오려도 돼? 오늘 집에서 스크랩 못 했는데."

용 단장의 대답은 듣지도 않고 아이들은 이미 가방에서 가위를 꺼냈다.

"우와, 김갑수 선수 타율 다시 3할 됐다."

"벌써? 거짓말. 한번 봐봐."

둘이 어느새 신문에 머리를 박고 있다. 신문엔 선수들의 타율과 방어율 순으로 순위가 쭉 나열돼 있었다.

"준이야, 그게 그렇게 재밌냐?"

"그럼요, 할아버지. 우리 반에 타율 외우고 다니는 애들 얼마나 많은데요. 근데 제가 제일 잘 외워요, 보실래요?"

용 단장의 관심에 신이 난 아이들이 갑자기 나란히 서서 선수들 타율을 줄줄 읊기 시작했다.

"……그리고 포수 김만정 선수는 어제 타율이 떨어져서 2할 6푼 7리."

"아니야, 이 바보야. 2할 7푼 1리지."

"뭔 소리야. 바보 멍충아. 타율 계산도 못 하냐."

"말 다 했냐. 돼지 똥꼬야."

둘은 침을 튀기면서 다투기 시작했다.

종알거리는 아이들을 보면서 어렴풋이 생각났다. 맞아, 나도 저렇게 타율을 줄줄 외우고 다니던 때가 있었는데.

분명 용 단장도 어린 시절 스포츠 신문을 오려서 타율과 방어율을 줄줄 외우고 다녔다. 숫자와 친해진 것도 그 덕분이었다. 타율과 방어율을 계산하는 공식은 용 단장이 가장 먼저 익힌 수학 공식이었다.

그땐 타율과 방어율이 용 단장이 알던 야구 숫자의 전부였다. 지역의 스타 포수가 안타를 치면 타율이 올라가서 온종일 신이 났다. 결국 그 포수가 시즌 마지막 경기에서 타율 1위로 확정됐을 땐 너무 기분이 좋아서 주먹을 쥐고 소리를 질렀다. 다음 날 학교에서 친구들과 온종일 그 선수 얘기를 했다.

어쩌면, 하고 용 단장은 희미하게 생각했다. 지금은 너무 많은 숫자에 둘러싸여버린 건지도 모르겠다.

언제부터 이렇게 많은 숫자가 필요해진 걸까. 예전엔 타율과 방어율이면 충분했는데.

창밖 너머 관중석을 쳐다봤다. 토요일을 맞아 응원석은 팬들로 가득했다. 드래곤스의 공격에 맞춰 모두 한목소리로 응원을 보내고 있었다.

원래 용 단장도 저곳에 있었다. 저곳에서 옆자리 팬들과 함께 노래를 부르고 팀을 응원했다. 그땐 그걸로 충분히 행복했다.

고개를 돌려 야구장을 쭉 둘러봤다. 이렇게 팬으로 가득 찬 야구장을 보는 게 좋다. 그들이 응원하는 소리를 들으면 가슴이 뛴다. 이미 수십 년째 듣는 소리지만 싫증이 나지 않는다.

야구가 좋았고, 덕분에 이 자리까지 올랐다. 좋아하는 일이니까, 그래서 더 열심히 했다. 그런데 최근엔 그 야구를 보면서 즐거웠던 적이 있었나…….

은퇴한 지역 레전드 포수의 타율을 떠올려봤다. 조금

시간이 걸렸지만, 숫자 세 자리가 떠올랐다. 0.340. 당시 레전드 포수는 타율, 홈런, 타점에서 모두 1위를 하며 트리플 크라운이라는 영광을 안았다. 이 숫자는 지역 팬들의 자랑이었다. 용 단장에게도 잊을 수 없는 숫자였다. 아직 또렷이 기억이 난다.

예전에 외웠던 야구 숫자부터 하나씩 시작해보자. 용 단장은 파도타기 응원을 하는 관중석을 보면서 생각했다. 처음 야구를 보면서 외웠던 숫자를 다시 익혀보는 것부터 해보자. 숫자 공부를 하는 기분이었지만 마음이 조금 가벼워졌다.

TV를 통해서 우 감독의 모습이 보였다. 팽팽한 경기 때문에 잔뜩 긴장한 얼굴이었다. 저 소심한 양반도 저기서 고생이네. 그런 생각이 들었다. 조만간 우 감독과 소주잔을 기울여야겠다는 생각을 했다. 용 단장의 얼굴에 슬쩍 미소가 떠올랐다.

"아버지, 오늘은 왠지 평화로워 보이네요."

딸이 음료가 든 종이컵을 건네며 말해다.

"그러시네. 그러게 사람이 좀 쉬엄쉬엄 즐기면서 살아야 한다니까. 너네 아버지가 요즘 혼자 예민해서 저 난리라니까."

마누라도 옆에서 한마디 거들었다.

"쓸데없는 소리. 예민하긴 무슨."

괜히 투덜거렸다. 하지만 속에서 뭔가 큰 것이 쑤욱 하고 내려가는 기분이었다.

"우와, 안타다, 안타."

준이와 훈이가 소리를 질렀다. 안타 하나에 소리를 지르면서 창문에 매달렸다.

"얘들아, 너네 거기 매달리면 안 된다고 그랬지? 자꾸 그러면 집에 간다."

딸이 손자들을 보면서 눈썹을 찡그렸다.

"어, 저기 할아버지 얼굴 나온다."

준이가 가리키는 곳을 보니 TV 화면에 용 단장의 얼굴이 비쳤다. 예전에 경기를 지켜보던 모습을 찍어둔 모양이었다. 해설위원은 흥분한 말투로 드래곤스의 문제점을 지적하고 있었다.

"할아버지, 엄청 화난 사람 같아."

"맞아, 꼭 도깨비 같다."

도깨비? 용 단장은 화면을 쳐다봤다. 정말 잔뜩 화난 것처럼 얼굴이 붉으락푸르락했다.

저런 얼굴이었구나. 낯설어서 한참 쳐다봤다. 화면 속에서 용 단장은 화가 덕지덕지 붙은 심술쟁이 영감 같은 얼굴을 하고 있었다. 곧 부끄러워서 고개를 돌렸다.

"이 녀석들. 할아버지한테 그게 무슨 말버릇이야?"

딸이 손자들을 잡으려 손을 뻗었다.

"엄마는 무슨 말을 못 하게 해."

아이들이 엄마를 피해서 문을 열고 복도로 도망쳤다.

"이놈들이, 너네 거기 안 서?"

손자들이 밖에서 문을 닫아버렸다.

"너네 빨리 안 열어? 하나, 둘, 셋."

푸하하. 그 모습을 보던 용 단장은 웃음이 터져 나왔
다. 얼마 만에 속 편하게 웃는 건지 기억이 나지 않을 정
도였다.

에필로그
10월 14일

오전 6시 23분.

저절로 눈이 떠졌다. 눈을 뜨자마자 정신이 또렷해졌다. 밤새 하늘에 붕 떠 있던 기분이다.

이 과장은 우선 몸을 일으켜 발바닥 지압 마사지를 했다. 올해부터 건강을 위해 시작한 루틴이다.

어제 새벽엔 프리미어리그도 건너뛰었다. 무려 아스널과 첼시의 운명의 경기. 하지만…… 이 과장은 발을 주무르며 어제의 야구장을 떠올렸다.

연장까지 간 대혈투, 위기에 몰린 마지막 순간 극적인 역전타로 끝내기 승. 생각만 해도 가슴이 두근거렸다. 어제 같은 경기라면, 야구도 뭐, 나쁘진 않겠다.

끝내기가 나왔을 땐 이 과장도 눈물을 찔끔 흘렸다. 두 손 들어 만세를 부르며 류 감독과 끌어안았다. 방송실의 모니터 화면을 보니 치어리더팀도, 꼬깔콘 아줌마도 모두 눈물을 훔치고 있었다.

그게 불과 몇 시간 전이었구나, 휴.

이 과장은 우선 운동복을 걸치고 축구공을 튕기며 공원으로 나갔다.

마찬가지로 건강을 위해 시작한 운동이다. 아니, 축구공을 차는 건 건강뿐만 아니라 떠나보낸 청춘에 대한 헌사이기도 하다.

몇 번 축구공을 튕겼다. 드리블해서 골대로 슛을 날렸다. 철썩하고 그물이 출렁거렸다.

"아저씨, 같이 한 게임 하실래요?"

옆에서 배가 불룩 튀어나온 아저씨 무리가 제안했다. 자다가 나왔는지 머리에는 까치집이 하나씩 얹혀 있었다.

"아니요, 괜찮습니다." 가볍게 사양을 했다. 오늘은 마음이 급하다.

천천히 뛰면서 집으로 향했다. 학생들이 우르르 무리 지어 등교를 하고 있었다. 옆을 지나다 보니 자연스럽게 말소리가 귀에 들어왔다.

"너 오늘이 무슨 날인지 아나?"

여학생 한 명이 친구에게 물었다. 이 과장의 귀가 저절로 그쪽으로 향했다. 혹시 야구팬?

하지만 고개를 절레절레 흔드는 친구에게 여학생은 "문디 가시나, 와인데이 아이가? 와인데이. 매달 14일마다 애인한테 선물한다 아이가. 니가 그러니 남친이 없는 거다." 하고 쏘아붙였다.

와인데이라…… 그런가. 그런 날도 있었나.

아니야, 얘들아. 오늘 10월 14일은 무진 드래곤스의 준플레이오프 4차전이 있는, 야구의 날이야.

이 과장은 잠시 학생들을 쳐다보다 다시 달리기 시작했다. 오늘은 바쁜 하루가 될 것 같다.

오전 9시 32분.

출입증을 댔다. 삑, 하는 소리와 함께 문이 열렸다.

사무실 안은 어두웠다. 벽에 있는 스위치에 손을 올리고 틱, 불을 켰다. 잠시 사무실을 둘러봤다. 간밤의 경기는 이미 오래전 일인 듯 평화로웠다.

용 단장은 단장실 문을 열고 들어가 잠시 창문 너머 그라운드를 바라봤다. 관중석 곳곳엔 아직 정리하지 못한 쓰레기가 쌓여 있었다. 그 모습이 어제 늦은 밤까지의 치열했던 경기를 생각나게 했다.

원정경기에서 2패를 안고 돌아왔다. 준플레이오프는 3위 팀의 홈구장에서 먼저 두 경기를 하고, 4위 팀 홈구장으로 이동해 두 경기를 한다. 그리고 5차전까지 가면 제3구장에서 세 번째 경기를 한다.

어제는 거의 끝이라고 생각했다. 연장까지 갔을 때는, 여기까지구나, 하는 생각이 들었다. 그래도 한때 7위까지 떨어졌었는데 4위로 턱걸이해서 가을 야구에 진출한 것만 해도 다행이랄까.

하지만 거의 끝났다고 포기한 순간에 기적이 찾아왔다.

결국 이런 단기전에선 미쳐주는 선수가 필요하다. 이번 시리즈에서 미친 선수는 다행히 드래곤스에서 나왔다. 왕년의 에이스 강승필이었다.

사실 드래곤스가 올해 예상보다 좋은 성적을 거둔 것은 마운드의 힘이 컸다. 외국인 선발 듀오인 조지 매티스(용 단장의 빠른 결단 덕분이라고 언론도 칭찬하고 있다)와 더스틴 브라운 콤비, 그리고 새롭게 육성한 두 젊은 불펜 투수인 심과 장(언론에선 심장 듀오라며 호들갑을 떤다) 덕분이다.

하지만 심장 듀오는 막상 가을 잔치에선 흔들리고 있었다. 어린 선수들이라 그런지 큰 경기에 오니 본인들 심장이 바짝 쪼그라들었다.

1차전도 거의 다 이긴 경기를 심장 듀오가 말아먹었다.

무려 5점 차를 야금야금 따라잡히더니 큼지막한 역전 홈런을 맞아버렸다.

2차전도 마찬가지였다. 비등비등하던 경기가 불펜 싸움으로 가면서 어려워졌다.

하지만 강승필이 심장 듀오의 자리를 메웠다. 1차전에서 선발 조지 매티스의 뒤를 이어 2이닝을 책임지더니, 어젠 선발에 이어 8회부터 마운드를 지켰다. 그리고 10회까지 압도적인 피칭을 하면서 역전승을 이끌었다.

용 단장은 컴퓨터 전원을 켜고 인터넷에 접속했다. 메인 페이지는 자연스럽게 야구 면으로 이어졌다.

강승필이 10회 마운드를 내려오면서 글러브를 팡팡 치는 장면이 그날의 포토제닉으로 선정됐다. 포털사이트의 야구 면도 끝내기 안타보다 그 장면을 메인으로 내세우고 있었다.

왕년의 에이스, 깡의 귀환.

팬들에게 이야깃거리가 된다.

어쨌거나 한시름 놨다. 3연패로 떨어졌다면 또다시 본사 임원들에게 시달렸을 것이다. 이 사람들은 올해 전력으로 4위까지 오른 게 얼마나 대단한 것인지 알지도 못한다. 가을 야구는 저절로 되는 줄 안다. 3연패를 당하면 보고서 요청에 시달릴 게 뻔했다.

오늘도 어떻게 될 수 있지 않을까.

결국 마운드가 관건이다. 1차전에 이어 4일 만에 등판하는 선발투수 조지 매티스와, 무너진 불펜을 이끌어줘야 할 강승필이 중요하다. 조지는 1차전에서 107개의 공을, 강승필은 1차전 52개에 이어 어제는 3이닝 동안 47개의 공을 던졌다. 제법 효과적인 투구를 한 건 사실이지만 오늘 다시 등판하면 컨디션이 어떨지 모른다.

신문 기사들도 그런 이야기들을 써놨다.

어제 드래곤스의 역전승이 대단했지만, 결국은 타이거즈가 무난하게 이길 것이라는 전망이다.

하지만, 바보들아, 언제나 예외라는 게 있기에 스포츠는 재미있는 거다.

용 단장은 와이셔츠 단추를 하나 더 풀며 크게 심호흡을 했다.

오후 1시 12분.

오늘따라 클럽하우스로 가는 통로가 더 좁아 보인다. 김만정은 크게 기지개를 켜면서 생각했다.

하긴 그럴 리가. 내 마음이 그런 거겠지.

통로를 장식한 옛날 사진이 보였다. 드래곤스의 황금기 시절 사진들이었다. 우승을 확정한 순간의 사진도 보였다. 대체 언제 적이야. 까마득한 과거의 일이다.

　어제의 연장 경기가 체력적으로 꽤 부담이 된다. 승부가 나자마자 집에 가서 푹 잤다. 오늘 아침은 등 푸른 생선을 먹었다. 눈에 부담이 될 것 같아서 TV 같은 것도 보지 않고 천장을 보며 마인드 컨트롤을 했다. 하지만 피로는 쉽게 가시지 않는다.

　그런가, 나도 이제 삼십 대니까.

　클럽하우스에 들어가 라커 앞 의자에 앉아 다리를 쭉 폈다. 며칠간 제대로 정리를 못 해 더러운 유니폼이 쌓여 있었다. 라커 가장 위에는 김만정의 등 번호가 쓰여 있다. 22번.

　하긴 체력이 달리는 건 어제오늘의 일이 아니다. 기초체력의 중요성에 대해서 절실히 깨닫고 있는 요즘이다. 후반기부터 체력이 뚝 떨어졌다.

　윤정이 만들어준 쓰디쓴 초록색 음료를 들이켰다. 무슨 열매를 갈아서 만든 거라고 했다. 하여간 건강식품에 해박한 여자다.

　한 입 넘기니 저절로 크~ 하는 소리가 나왔다. 입이 썼다. 그래도 좋은 약은 입에 쓰다는 말을 믿고 열심히 먹는 중이다.

　일단 오늘 하루만 더 버텨보자. 김만정은 연습복을 입

으면서 생각했다.

옆에 등 번호 1번, 강승필의 라커가 보였다.

그래, 저 형이야말로 체력이 바닥일 텐데.

김만정은 잠시 그쪽을 바라보다 귀에 이어폰을 꽂았다. 그리고 윤정이 보내준 플레이리스트를 쭉 넘겨봤다.

윤정은 최신 가요부터 오래된 음악까지 다양한 음악을 모아 플레이리스트로 만들어 보내줬다. 하지만 그중 가장 마음에 드는 리스트는 '시합 전 힘이 나는 음악'.

플레이 버튼을 눌렀다. *you can dance, you can jive,* 익숙한 음악을 들으며 러닝머신에 올랐다.

그래, 한 번 더 힘을 내자.

오후 *3시 11분.*

슬쩍 매표소를 들여다봤다.

역시 다들 바쁘다. 이제 곧 팬들이 몰아닥칠 것이다. 준비하느라 정신없겠지.

민 차장을 찾았다. 구석에서 땀을 뻘뻘 흘리며 티켓을 정리하는 중이다. 이 과장과 눈이 마주쳤지만 민 차장은 파리 쫓는 손짓을 한다.

"뭐 도와줄 거 없어?"

이과장은 대신 매표소 실장에게 넌지시 물어봤다.

"네? 아…… 뭐, 별로요."

매표소 실장도 본척만척 티켓을 추스르고 있다. 다들 손이 바쁘다.

티켓은 예매를 시작한 지 3분 만에 매진됐다. 가을 야구는 인기가 좋다. 더군다나 무진 야구장은 고작 1만 명이 들어올 수 있을 정도로 작은 야구장이다. 특히 드래곤스의 가을 야구라면, 무려 10년 만이니까.

이 과장도 연락이 끊겼던 지인들의 요청을 엄청나게 받았다. 티켓 몇 장만 구해줄 수 없겠냐는. 부탁을 일일이 거절하기도 버거워서 아예 카톡 인사말을 '우리 가족도 야구는 TV로 봅니다 ㅠㅠ'라고 바꿨다. 그래도 무시하고 연락하는 사람들이 있었다. 일부는 "암표라도 팔아달라"며 애원하는 무리도 있었다. 직원에게 암표라니, 피식 웃음이 나왔다. 그래도 기분이 나쁘지는 않았다.

지금 무진은 야구의 도시다. 지역에서 한마음으로 우리 팀에게 응원을 보내고 있다.

이 과장은 잠시 매표소를 둘러보다 돌아 나왔다.

오후 4시 12분.

멀리 무진 야구장이 보였다.

"엄마, 저기, 저 앞에서 내려줘."

노연정은 턱을 내밀어 가리켰다. 눈으로는 손거울을 보면서 말했다. 어제 늦게까지 일하느라 화장이 안 받는다.

아이씨, 속상해. 오늘도 카메라가 많이 올 텐데. 왜 이렇게 화장이 뜨는 거야.

발을 동동 굴렀다.

"연정아, 그래도 뭐 좀 챙겨 먹고 가야 하는 거 아니니?"

엄마가 흘끔 쳐다보며 말했다.

"엄마, 글쎄, 뭐 먹을 컨디션이 아니라니까. 괜히 또 그러네. 밥 먹고 배 불룩해져서 카메라에 잡히면 엄마가 책임질 거야?"

괜히 엄마에게 쏘아붙였다.

말하고 나서 마음이 편치가 않았다. 아, 혼자 예민하다.

하지만 가을 야구 분위기는 분명 평소와는 달랐다. 한때 드래곤스가 가을 야구의 단골이던 시절이 있었다. 노연정이 치어리딩을 처음 시작할 때 그랬다.

그러나 곧 황금 시절은 지나고 혹독한 겨울이 왔다. 벌써 10년이다. 노연정도 그때의 기억은 아지랑이처럼 아스라하다.

"엄마, 엄마, 여기서 내려줘. 고마워요."

야구장 광장에 닿자마자 서둘러 차 문을 열고 내렸다.

"노연정, 파이팅!"

차 문을 닫는데 엄마가 불쑥 소리쳤다. 주먹까지 쥐고 노연정을 쳐다보고 있었다.

옆에서 팬들이 쳐다봤다.

아이씨, 엄마는 왜 안 하던 짓을 해서.

얼굴이 빨개졌지만 팬들을 의식해 미소 모드로 들어갔다. 엄마가 탄 차를 향해 가볍게 손도 흔들어줬다.

차가 멀어져가자 발걸음이 빨라졌다. 사인을 요청하는 팬 몇 명에게 대충 사인을 해주곤 걸음을 재촉했다.

화장을 고치느라 너무 늦었다. 마 사장이 주절주절 잔소리를 늘어놓을 텐데.

노연정은 휴~ 하고 한숨을 내쉬었다.

오후 4시 21분.

"찰쓰, 가자."

깡형이 어깨를 툭 쳤다.

양민철은 슬쩍 고개를 끄덕이고 글러브를 챙겼다. 캐치볼을 하자는 의미다.

깡형과 그라운드에 서서 공을 주고받았다. 좁은 거리에서 시작해 천천히 거리를 늘렸다. 거리가 멀어지자 팔을 쭉 펴고 롱토스를 했다.

공을 받으며 깡형의 폼을 살폈다. 피곤해 보이진 않는

다. 다행이다. 요즘 깡형은 당근을 문 망아지처럼 힘이
넘친다.

양민철은 이유를 알 것 같았다. 팬들의 환호 때문이다.
미디어의 관심도 한 몸에 받고 있다. 깡형에겐 오랜만의
일이다. 그래서 저렇게 힘이 나는 거다. 깡형은 그런 사
람이다.

사실 호세 때문에 깡형에게 감정이 안 좋았다. 주는 것
없이 미운 말만 하는 깡형이 보기 싫었다.

하지만 호세가 떠나고 며칠 후, 깡형이 양민철에게 슬
쩍 종이봉투를 내밀었다. 안을 들여다보니 호세와 자주
가던 수제버거집의 치즈버거가 들어 있었다.

"그냥 오다가 있길래. 너 이거 환장하잖아."

깡형이 다른 데를 보면서 내밀었다.

양민철과 눈이 마주치자 "뭘 보나, 이 자식이. 너 요즘
좀 컸나? 엉?" 하며 간지럼을 태웠다. 서로 깔깔거리며 웃
다 보니 감정이 풀렸다.

이후 깡형의 캐치볼 파트너로 돌아왔다. 깡형은 양민
철에게 캐치볼 요령 같은 것도 알려줬다.

저 사람, 외로운 사람이구나. 양민철은 어렴풋이 생각
했다.

"자, 빠르게 간다."

깡형이 소리쳤다. 그리고 빠르게 거리를 좁히며 공을 던졌다.

팡팡 글러브에 꽂히는 소리가 귀에 울렸다. 멀리 곰 감독이 물끄러미 캐치볼을 지켜보고 있었다. 깡형의 어깨가 궁금한 거겠지.

지금 드래곤스에서 가장 중요한 사람은 왕년의 에이스, 강승필이다.

오후 6시 12분.

우 감독은 평소보다 좀 더 일찍 더그아웃으로 나왔다.

그라운드에선 선수들이 스트레칭을 하고 있었다.

물끄러미 그 모습을 바라보며 우 감독은 휴~ 하고 깊은 한숨을 쉬었다. 벌써 바람이 쌀쌀해져 입에서 하얀 입김이 나왔다.

다행히 선수들의 몸놀림이 가볍다. 특히 조지 매티스와 강승필의 컨디션이 괜찮아 보인다.

우 감독도 현역 시절에 이런 초인적인 경험을 한 적이 있다. 체력은 바닥인데 지치지 않는 기분. 빨리 그라운드로 달려 나가고 싶은 마음. 무엇에 홀린 듯 플레이를 했던 기억. 몸에서 정체 모를 기운이 올라왔다. 까마득한 옛날 일처럼 느껴졌다.

어쩌면 마지막일까.

우 감독은 모자를 벗어 머리를 쓰다듬었다. 하얀 머리카락 몇 가닥이 떨어졌다. 요즘 염색도 하지 않는다. 머리는 자연스럽게 흰색으로 변했다.

승부사 기질이 없다. 세간의 평은 잘 알고 있다. 하지만, 나도 남자다.

우 감독은 입술을 깨물었다. 오늘 그라운드에서 모든 걸 쏟아내겠다.

그때 멀리서 쩡쩡 울리는 음악 소리와 함께 응원단장의 목소리가 들렸다.

"오늘도 최강 무진 드래곤스의 승리를 위해, 모두 함께 외쳐봅시다. 최강 무진 드래곤스!"

응원단장의 목소리를 따라 팬들이 환호를 보냈다. 소리가 쩌렁쩌렁했다.

드디어 오늘 야구의 시작이다.

오후 6시 24분.

오민준은 마이크 앞에 서서 잠시 관중석을 쳐다봤다. 빈자리를 찾기 어려웠다. 자리에 앉지 못한 팬들은 통로에 서서 응원단상을 쳐다보고 있었다. 팬들의 반짝이는 눈빛을 봤다. 눈앞에 생선을 둔 고양이 같은 눈빛이다.

오늘도 시작이다.

야구의 신이여, 저에게 용기를 주소서.

잠시 눈을 감고 기도를 드렸다. 매일 하는 의식이었다. 남들 앞에서 세 시간 넘게 응원을 유도하려면 자신감이 가장 필요했다.

어린 두 아들을 생각했다. 아장아장 걷는 아이들. 아직 말도 못 하는 아이들이 아빠 흉내를 내며 응원은 곧잘 따라 했다.

"아무래도 자네 따라서 응원단장을 하려나 보네."

장모님은 손자들이 귀엽다는 듯 웃음을 지으며 대견해 했다.

프로야구 응원단장, 우리나라에 단 여덟 명만 존재하는 직업. 그 여덟 명 중 하나라는 사실을 언제나 자랑스럽게 여겨왔다.

오민준은 눈을 뜨고 마이크를 잡았다. 그리고 음향 감독에게 눈짓으로 사인을 보냈다.

지지징 지징…….

익숙한 멜로디가 들렸다. 음악 소리와 함께 팬들도 자리에서 일어났다.

"오늘도 최강 무진 드래곤스의 승리를 위해, 모두 함께 외쳐봅시다. 최강 무진 드래곤스!"

관중들의 함성이 들렸다.

드디어 오늘 야구의 시작이다.

오후 6시 30분.

"······대한 사람 대한으로 길이 보전하세."

애국가 제창이 끝나자 사람들이 와하고 함성을 질렀
다. 노래를 부른 젊은 여자가 팬들에게 손을 들어 답례했
다. 아이돌 가수라고 했다. 평소라면 눈길이 갔을 것이
다. 하지만 오늘은 눈에 들어오지 않았다.

중년의 한 남성이 느릿느릿한 걸음으로 나와서 시구를
했다. 어떤 단체의 장이라고 했다. 그는 시구를 마치고도
느릿느릿 퇴장했다.

김만정은 단체장이 파울 라인을 넘어가길 기다렸다가
다시 자리에 앉았다. 글러브를 팡팡 치고 조지에게 사인
을 보냈다.

오늘은 초반부터 투심 패스트볼을 과감히 찌르기로
했다.

우리 팀 투수진 상황이 좋지 않다. 빠르게 승부하고 이
닝을 길게 끌어야 한다. 다음 투수에게 최대한 늦게 마운
드를 넘겨줘야 한다.

"마지막 세 개."

등 뒤에서 심판이 소리쳤다.

대기 타석에서 빨간 유니폼을 입은 타이거즈의 1번 타자가 스윙 연습을 하고 있었다. 담담한 표정으로 배트를 돌리고 있었다. 저 녀석도 분명 지쳤을 거다. 어제의 경기 때문에. 결국, 정신력이 강한 팀이 이긴다.

김만정은 고개를 끄덕이고 글러브를 내밀었다. 팡 소리를 내면서 빠른 볼이 꽂혔다.

드디어 오늘 야구의 시작이다.

야구의 신이여, 저에게 용기를 주소서.

김만정은 양손으로 정성껏 공을 닦아 다시 마운드로 던졌다.

오후 8시 11분.

승부처는 7회였다.

잘 던지던 선발투수 조지 매티스가 흔들리기 시작했다. 갑자기 연속으로 볼을 던지기 시작했다. 결국 주자가 두 명이나 나가버렸다.

용 단장의 가슴도 뛰기 시작했다. 단장실의 창을 통해 그라운드를 쳐다봤다. 방은 어둡게 해놓고 승부에 집중했다. 방에는 용 단장 혼자였다.

VIP 손님들에겐 일찌감치 한 바퀴 인사를 돌고 왔다.

그 이후부턴 단장실에 들어앉아 경기에만 집중하고 있다. 자신을 찾는 사람이 있으면 적당히 둘러대라고 말했다. 오늘 경기는 혼자 집중해서 보고 싶었다.

예상대로 오늘 경기는 투수전이었다. 타자들은 어제 경기의 후유증이 남아 있는 것 같았다. 선발투수들도 빠른 승부로 타자들을 공략했다.

그런데 7회, 드래곤스 선발투수 조지가 흔들리기 시작한 것이다.

불펜을 쳐다봤다. 선발이 흔들리자 강승필이 느릿느릿 불펜으로 나와 몸을 풀기 시작했다. TV 화면에 강승필이 캐치볼을 하는 모습이 클로즈업됐다.

여기가 승부처다. 용 단장의 손에 땀이 뱄다. 손바닥을 바지에 쓱쓱 문질렀다. 하지만 바로 다시 땀이 찼다.

부디, 7회까지만 버텨다오.

용 단장은 어두운 단장실에서 두 손을 모았다.

오후 8시 15분.

우 감독은 점퍼의 지퍼를 반쯤 내렸다. 몸에서 뜨거운 열기가 올라왔다. 수석코치에게 눈짓을 보내자 수석코치는 고개를 끄덕이고 불펜으로 통하는 전화기를 들었다.

고바야시 투수코치가 느릿느릿 마운드로 올라갔다.

아쉽지만 여기까지다. 1이닝만 더 버텨줬으면 했지만, 어쩔 수 없다.

스코어보드엔 양 팀 모두 0이 찍혀 있었다. 결국 이 경기는 한 점 승부다. 한 점이 나오는 순간, 승부의 추는 한쪽으로 기울어버릴 것이다.

그래서, 여기가 승부처다.

팬들이 외치는 소리가 들렸다. 환호 소리에 욕설이 섞여 있었다. 지나친 혹사라는 말일 거다.

그들은 모른다. 가을 야구에서 내일은 없다. 지금은 마운드에 있는 투수를 믿는 수밖에 없다.

알고 있다. 사람들이 하는 말을. 우유부단한 곰 감독.

하지만 지금, 이 순간, 누구보다 가슴은 뜨겁다.

우 감독은 마운드를 노려봤다. 마운드 위에선 강승필이 포수 미트를 향해 1구, 1구 공을 꽂아 넣었다.

그의 등 번호 1번이 눈에 들어왔다.

오후 8시 18분.

예상대로였다.

꼬깔콘 아줌마는 자신도 모르게 눈을 감았다. 그리고 다시 눈을 떴다.

맞는다. 그 사람이다. 불펜에서 천천히 걸어오는 저 당당한 걸음걸이. 등 번호 1번, 팀의 에이스 강승필이다.

아줌마의 생각을 증명하듯 스피커에서 건조한 음성이 흘러나왔다.

"드래곤스 투수 교체 있습니다. 44번 조지 매티스 물러나고, 바뀐 투수 1번 강승필."

저절로 욕이 나왔다.

"야, 이 미련탱이 곰 감독아. 네 목이 그리 중요하더냐! 선수 팔 갈아먹는 게 감독이가, 엉!"

소리를 질러버렸다. 주변에 있는 호위대도 함께 야유를 보냈다.

이건 아니잖아. 아무리 자기 목이 중요하다고 해도, 이제 겨우 기운을 차린 에이스에게.

꼬깔콘 아줌마는 깡이 고등학교 무대를 주름잡을 때부터 이미 깡의 팬이었다. 언제나 자신감 넘치는 표정으로 마운드에 오르던 지역의 어린 에이스에게 완전히 반해버렸다.

"무진 팬들에게요? 이제 맘 편히 보시라, 그렇게 전해 드리고 싶습니다."

신인 시절 깡의 인터뷰를 보면서 가슴이 뛰었더랬다. 드디어 우리에게도 에이스가 생겼다.

하지만 어린 에이스의 전성기는 오래가지 않았다. 팔

꿈치, 어깨, 무릎, 허리…… 돌아가면서 부상을 당했고, 기나긴 재활에 들어갔다.

그러나…… 에이스는 돌아왔다.

지난 후반기부터 팀의 마운드를 이끌더니 지금 가을 야구에서 완전히 불태우고 있다.

그래서 더 간절하다. 나의 에이스가 또다시 사라져버 릴까 봐.

안 된다. 반드시 지키리라.

꼬깔콘 아줌마는 더욱 악을 쓰며 소리를 질렀다.

오후 8시 19분.

강승필은 마운드에 서서 잠시 관중석을 봤다.

3루 쪽 응원석은 팬들이 전부 일어서 있었다. 강승필의 심장도 빠르게 뛰었다. 하지만 반대로 머리는 맑아졌다. 지금 나의 공은 완벽하다. 자신에게 말했다.

"깡, 일단 30개만 해보자."

고바야시 투수코치가 공을 건네주며 말했다.

"코치님, 걱정 없습니다. 오늘은 끝까지 던지게 해주이 소."

강승필은 공을 받으며 투수코치의 눈을 쏘아봤다.

오늘 경기는 내가 끝낸다. 나를 마운드에서 끌어내릴

사람은 아무도 없다.

고바야시 코치는 잠시 강승필의 눈을 쳐다보더니 어깨를 툭 쳐주고 마운드에서 내려갔다.

포수 김만정이 마스크를 벗고 다가왔다.

"선배, 오늘 쟤네들 타이밍이 전체적으로 늦거든요. 직구로 가시죠."

"인마, 니는 그냥 글러브로 공을 받기만 해라. 내가 알아서 던진다."

김만정의 어깨를 두드려줬다.

말 안 해도 알고 있다. 오늘은 무조건 직구 승부다. 피하지 않는다.

강승필은 다시 한번 관중석을 쳐다본 후 로진을 들고 손에 송진 가루를 묻혔다.

그리고 후~ 하고 하얀 바람을 일으켰다.

관중석의 함성이 더 커졌다.

자, 그럼.

강승필은 글러브를 두 번 퉁기고 크게 와인드업을 했다.

오후 9시 21분.

노연정은 물을 벌컥벌컥 들이켰다. 목이 탔다. 막 공연을 마친 참이었다.

윤 언니가 어깨에 담요를 둘러줬다. 드래곤스의 공격이 끝나고, 수비 차례다. 수비 때 몸이 식으면 큰일이다.

마운드를 쳐다봤다. 또다시 등 번호 1번이다.

"투수가 쟤밖에 없나!"

마 사장이 화가 난 듯 소리를 질렀다. 관중들도 술렁거렸다.

하지만 마운드에 오른 강승필은 힘차게 공을 뿌리기 시작했다.

노연정의 눈시울이 뜨거워졌다.

이런 때다. 내가 야구에 반해버리는 순간이.

노연정은 두 손을 꼭 모았다.

부디 막아주길. 우리도 여기서 끝까지 함께 응원해줄게.

오후 *9시 22분*.

"에라이, 이 버러지 같은 타자 놈들아. 니들이 그러고도 프로냐?"

꼬깔콘 아줌마가 그라운드를 향해 소리쳤다.

또다시 연장이다. 아직 두 팀 모두 점수를 내지 못했다.

무엇보다 에이스의 어깨가 걱정이다. 제발, 제발, 투수를 바꿔다오. 오늘 승부는 다른 투수에게 맡기자.

하지만 10회 시작과 함께 마운드로 걸어 나오는 선수

는 등 번호 1번, 강승필이었다.

아…….

꼬깔콘 아줌마의 뺨에 눈물이 흘렀다. 가슴이 뜨거워졌다.

그래, 니가 그래서 에이스지. 끝까지 던져봐라. 마지막까지 해보자.

눈앞이 뿌예졌다. 계속해서 눈물이 흘렀다.

우리 동철이도 지금 병실에 있는 TV로 보고 있을 거다. 야구라면 한 경기도 빠지지 않고 보는 녀석이니까.

그래, 깡. 힘들겠지만 우리 동철이를 위해서라도 힘을 내다오.

꼬깔콘 아줌마는 목청을 가다듬고 다시 소리를 지르기 시작했다.

오후 9시 23분.

강승필이 마운드에 오르자 김만정이 오른손으로 포수 마스크를 휘휘 돌리며 느릿느릿 다가왔다.

"선배, 이번엔 하위타선이에요. 이번 이닝까지만 해보시죠."

"자슥아, 난 아직 쌩쌩하다. 쓸데없는 소리 말고 공이나 잘 받아라."

김만정은 고개를 끄덕이면서 홈 플레이트로 걸어갔다.

말은 그렇게 했지만, 분명 호흡이 거칠어졌다. 강승필도 알고 있다. 한계가 다가오고 있다.

몇 개나 던졌더라. 고개를 돌려 전광판을 쳐다봤다.

48개.

이제 두 개만 더 던지면 50개. 처음 투수코치가 약속했던 30개는 이미 훌쩍 넘어버렸다.

아니야. 몇 개인지는 중요하지 않다.

강승필은 고개를 흔들어서 잡생각을 털어냈다.

내가 지친 만큼 상대도 지쳤다. 지금은 나의 공을 믿는 수밖에.

강승필은 후~ 하고 송진 가루를 날렸다.

그리고 잠시 포수 마스크를 노려보다, 크게 와인드업을 했다.

오후 10시 12분.

더그아웃 앞에 놓인 의자를 걷어찼다. 의자는 쾅 하는 소리를 내며 쓰러졌다. 선수들이 이쪽을 흘끔 쳐다봤다.

우 감독은 더그아웃 옆에 있는 담벼락에 몸을 기댔다. 힘이 쭉 빠졌다.

정말 아쉬운 공격이었다. 1사 주자 1, 2루의 찬스를 그렇게 날려버렸다.

잘 맞은 타구가 다이빙 캐치하는 상대 팀의 글러브로 빨려 들어가버렸다. 맞는 순간엔 모두 끝내기 안타를 예상해 자리에서 벌떡 일어났다.

하지만 볼을 잡은 상대 수비수는 침착하게 병살로 마무리했다.

더그아웃에서 일어나 있던 선수들은 모두 머리를 부여잡고 망연자실했다.

1루까지 전력 질주했던 타자도 멍한 표정으로 한참 동안 그라운드에 앉아 있었다.

정말 이렇게 끝나는 것일까.

우 감독은 입맛을 다시며 생각했다.

아니다, 지나간 공격은 잊자. 다시 수비할 차례다.

12회 초, 마운드엔 다시 강승필이 올라갔다.

"무슨 말씀이십니까. 오늘은 끝까지 던지겠습니다."

강승필은 조금 전 투수코치에게 큰소리를 치고 글러브를 챙겨서 마운드로 올라갔다.

말려야 하는데…… 그러면서도 우 감독은 동시에, 조금 더, 조금만 더 버텨다오, 하는 생각이 들었다.

우유부단한 감독. 세간의 평은 잘 알고 있다.

하지만 오늘 이 경기는 저 친구에게 맡기고 싶다. 그런 생각이 들었다.

딱 1이닝만 더 버텨보자.

우 감독은 마운드를 쳐다보며 생각했다.

오후 10시 18분.

김만정은 심판에게 손을 들었다. 잠시 마운드에 올라가겠다는 의사 표시였다. 심판이 고개를 끄덕였다.

김만정은 마운드로 향하기 전, 더그아웃을 쳐다봤다.

고바야시 투수코치가 공을 쥐고 마운드로 올라올 채비를 했다. 김만정과 눈이 마주쳤다. 김만정은 코치에게 잠시만 기다려달라는 사인을 보냈다. 그리고 마운드에 올라 강승필 쪽으로 가까이 다가섰다. 호흡이 꽤 거칠어져 있었다. 헉헉하는 소리가 선명하게 들렸다.

지쳤다. 이미 한계를 넘어섰다.

김만정은 잠시 강승필을 보다 고바야시 코치를 쳐다봤다. 투수코치가 이미 한 번 마운드에 올라왔기 때문에, 이번에 올라오면 투수를 교체한다는 의미다.

하지만 그때 강승필이 마운드 쪽으로 걸어오는 코치를 향해 소리쳤다.

"코치님, 아직 아닙니다. 거기 계십시오."

투수코치를 향해 두 손을 저으며 외쳤다. 코치가 멈칫하고 섰다.

"선배, 지금까지 잘하셨잖아요."

김만정이 어깨를 다독였다.

이미 공에 힘이 빠졌다. 첫 타자의 외야 플라이볼도 담장 바로 앞에서 겨우 잡혔다. 그리고 연달아 두 개의 볼넷, 스코어링 포지션에 주자가 나가 있다.

하지만 강승필은 글러브를 팡팡 두드리며 소리쳤다.

"뭔 소리고. 나 아직 쌩쌩하다."

김만정은 다시 더그아웃을 쳐다봤다. 고바야시 코치는 감독과 몇 마디 주고받더니 다시 더그아웃으로 들어갔다.

하아~ 김만정은 한숨을 쉬었다.

"넌 걱정 마라. 내가 이번까지만 어떻게든 막아볼게. 제발 한 번만 나 믿어줄래? 응?"

강승필이 김만정의 눈을 쳐다보며 말했다. 강승필의 눈동자가 반짝였다.

김만정은 천천히 고개를 끄덕이고 자리로 돌아왔다.

하긴 오늘 게임을 여기까지 끌고 온 것도 저 사람이다. 마지막까지 믿는 게 나의 일이다.

김만정은 포수 마스크를 쓰고 상대 타자를 흘끔 쳐다봤다.

왼손 타자. 가을 야구의 경험이 많은 백전노장. 하지만 이미 그는 힘이 떨어진 노장이다. 오늘도 전 타석에서 대타로 들어왔지만, 삼진으로 물러났다.

일단 이번 타자까지만 막아보자. 이번에도 볼이 안 좋으면 그때 생각해보자.

타자는 무슨 생각을 하는지 무표정하게 마운드를 쳐다봤다.

김만정은 먼저 몸쪽으로 사인을 보냈다. 밀어치는 데 능한 베테랑이다. 바깥쪽 공은 위험하다. 몸쪽으로 붙여보자. 운 좋게 땅볼이 나온다면 그대로 이닝 교체까지 될 수 있다.

초구는 몸쪽 꽉 찬 스트라이크.

다행이다. 첫 카운트를 잡았다.

다시 흘끔 타자를 쳐다봤다. 타자는 초구에 흠칫하는 반응을 보였을 뿐이다.

다음 공은 타자의 시선을 흩어놓는 공이다.

바깥쪽으로 빠지는 슬라이더를 요구했다.

이번에도 타자는 멀리 빠지는 공을 지켜보기만 했다.

이봐, 언제까지 보기만 할 거야.

강승필과 사인을 주고받았다.

강승필은 또다시 몸쪽 직구를 원했다.

그래요, 선배. 선배라면 그렇겠지.

김만정은 타자의 몸에 바짝 붙어 글러브를 댔다.

하지만 타자의 몸이 재빨리 열리는 것을 보고 서늘한 느낌이 들었다.

당했다.

공이 날아오는 1초도 안 되는 짧은 순간, 김만정은 벼락같이 생각했다.

오후 10시 23분.

당했다.

상대 타자의 스윙을 바라보며 용 단장은 생각했다.

상대 타자 도지웅은 리그에서 손꼽히는 베테랑 타자. 지금은 힘이 떨어졌지만 '도박사'라는 별명이 있을 정도로 포커페이스에 능한 선수다.

저절로 입술이 깨물어졌다.

타구는 오른쪽 멀리 포물선을 그리며 날아갔다.

배트를 든 상대 타자의 두 손이 하늘로 향했다.

용 단장의 시선이 재빨리 마운드로 향했다.

강승필은 타구를 쳐다보더니 그대로 마운드에 주저앉았다. 3루 홈 응원석에 있는 팬들도 모두 머리에 손을 올리고 허탈한 표정이었다. 1루 쪽 원정 응원석과는 전혀 다른 모습이었다. 스코어보드에 떠오른 '3'이란 숫자가 너무 커 보였다.

그래도, 혹시.

용 단장은 마음을 다잡았다.

야구는 의외의 스포츠다. 우리 팀에겐 12회 말 마지막 공격이 남아 있다.

용 단장은 이럴 때일수록 침착하자고 생각했다.

그동안 내가 본 야구 경기만 대체 몇 경기인가. 침착하자. 끝날 때까지 끝난 게 아니다.

용 단장의 손에 다시 땀이 뱄다.

오후 11시 32분.

방송국 카메라까지 빠져나간 그라운드엔 비로소 고요함이 찾아왔다.

이 과장은 더그아웃에 서서 조용히 그라운드를 바라봤다.

그라운드엔 다양한 색깔의 색종이와 물병이 굴러다녔다. 플레이오프에 진출한 상대 팀에서 세리머니를 한 흔적이었다. 축제가 끝난 현장은 적막했다.

청소는 내일 해야지. 오늘은 누구도 청소 따위 할 힘이 없다.

조명탑이 하나둘 꺼지기 시작했다. 그라운드도 어두워졌다.

어두워진 그라운드를 멍하니 쳐다봤다. 연극이 끝난 무대를 보는 기분이다.

이 과장은 가슴에 손을 얹었다. 뭔가 뻥 뚫린 것 같았다. 지금까지 야구단에 있으면서 한 번도 느껴보지 못한 감정이다.

이 과장은 그렇게 잠시 그라운드를 바라보다 발걸음을 돌렸다.

그리고 10월 15일,

언제나 그랬듯,

다시 그날의 야구가 시작됐다.

- 끝 -

무진시
야구장
사 람들 무진 야구장에서의 1년

초판 1쇄 발행 2021년 8월 20일

지은이   채강D
펴낸이   김요안
편집   강희진
디자인   이명옥

펴낸곳   북레시피
주소   서울시 마포구 신수로 59-1
전화   02-716-1228
팩스   02-6442-9684
이메일 bookrecipe2015@naver.com l esop98@hanmail.net
홈페이지 www.bookrecipe.co.kr l https://bookrecipe.modoo.at/
등록   2015년 4월 24일(제2015-000141호)
창립   2015년 9월 9일

ISBN 979-11-90489-40-9 03810

종이 화인페이퍼 l **인쇄** 삼신문화사 l **후가공** 금성LSM l **제본** 대흥제책